U0061995

治愈

藝術鑒賞 27 例

陳紹健—— 著

www.cosmosbooks.com.hk

書　　名　冶　性
作　　者　陳紹健
責任編輯　宋寶欣
美術編輯　楊曉林
出　　版　天地圖書有限公司
　　　　　香港黃竹坑道46號
　　　　　新興工業大廈11樓（總寫字樓）
　　　　　電話：2528 3671　傳真：2865 2609

　　　　　香港灣仔莊士敦道30號地庫（門市部）
　　　　　電話：2865 0708 傳真：2861 1541
印　　刷　美雅印刷製本有限公司
　　　　　香港九龍官塘榮業街 6 號海濱工業大廈4字樓A室
　　　　　電話：2342 0109　傳真：2790 3614
發　　行　香港聯合書刊物流有限公司
　　　　　香港新界荃灣德士古道220-248號荃灣工業中心16樓
　　　　　電話：2150 2100 傳真：2407 3062
出版日期　2020年11月 初版・香港

推薦序

陳紹健，筆名老柏，為香港城市文藝出版社社長，兩岸三地作家協會副理事長兼香港區召集人。余與老柏，相識四十載，友情與日俱增，蓋因他數十年如一日，待人精誠，謙和有禮，情義兼備；推廣、贊助文藝，不遺餘力，有小孟嘗之譽；且彼此都職事法律界，又同好詩文，時相切磋砥礪。在當今功利社會中，得友如此，寧不足珍可貴？

老柏領導兩岸三地協會多年，恆常例會中，常攜私藏文物真跡供同儕鑒賞，記憶中就有齊白石的《對蝦》、徐悲鴻的《駿馬》等；而每當他的好友、旅美著名國畫、書法家梁子彬回港，必引之同來聚會，展示其山水牡丹新作或恭請他即席揮毫贈友。大家得以在咫尺之內細細品賞，眼界大開，尤勝參觀藝術展覽；又有幸獲取墨寶，興奮莫名，豈購票入館走馬看花所可比擬？老柏關懷文藝、寶愛文物，意欲藉助文藝之力，彰顯國粹，旨趣感人。同道中人，有開展文藝活動遭遇阻滯者，他往往默默挺身，慷慨施援，鼎助扶持，傳為佳話。

老柏從事法律工作，為業中俊傑。謂其業餘愛好文學藝術，有事實為證：稍得餘暇，新詩、遊記、小說，固然常見筆底，一經披露，為同道所欣賞；而對文物鑒證、書法品評、水墨畫的創作技藝與畫派風格均尤具慧眼和專業知識，每有論證，無不娓娓道來，如數家珍，淵博雄辯，令人欽佩。

　　「在心為志，發言為詩」，若說詩文能陶冶性情，則書畫文物可涵養性格。人生有哀樂逆順，家國有成敗興衰，文學藝術作品予以適時反映之際，往往通過飽滿的感情，扣動心弦，打開視野，拓展襟懷，令接目者刻骨銘心。可歎當今人心不古，邪說盛行，文物仿製偽冒者所在多有，一般人未必能分辨清楚，老柏總是撰文融和古今，揭誤指謬，端正視聽，亦屬剔偽存真、義無反顧焉。這些浸淫書畫文物的用力之作，在其長年的運筆成品中蔚為大宗，其於廓疑解惑之餘，亦不乏激濁揚清之致，堪稱匡正時弊，洗滌塵穢的良藥，一旦披露，給不同的讀者許多不同的啟發，早已口碑不少；今樂聞其即將結集刊行，想必另有一番閱讀景觀；若言定見春風拂面，讀友如雲，絕非溢詞。

　　老友不棄，着我作序，未敢怠慢，應命如上。

古松

庚子仲夏於古松軒

4

自序

　　自少時起，我就喜歡觀賞工藝和美術作品。每有疑問，總喜查找相關圖籍，或請教行家能人。久而久之，對藝術、文學、歷史、地理的興趣，油然而生；越數十載，增長了許多知識，為在校求學時所難以獲致者。但當我益發投入，就益發覺得有太多太多的專門學問，尚需了然於胸，未可淺嘗輒止。譬如，鑒定一幀名家舊畫，除須辨別作者本人寫畫的風格外，還要熟悉其繪畫功力及用筆線條的法度，更要了解作畫時的社會環境和人文地理，以及墨色、印泥、紙絹、裝裱的特點等等，然後通盤考量、整體評斷，實非輕而易舉的事。換言之，欲掌握鑒定一件藝術品的要領，必須要有對存世標準物方方面面的透徹了解，以之為辨證基礎，才可減少乃至避免失誤，取信於世。雖然有時，憑豐富的實踐經驗，或可作出合理論斷，但也不免有些「為甚麼」無法說明。況且，當今的高科技網版印刷、噴墨印刷幾可亂真，用肉眼委實難以甄別。知識浩瀚，學海無涯，唯有隨時留心，多學一點，勤積累，善總結，方可聊勝於無。

　　近年，因緣際會，常與友人聊及上述種種。我愛用講故

事的敍事形式，把真實發生的事情、有幸得賞的物件，一一複述，不意時有共鳴，漸受鼓勵。或問：何不形諸文字，擴展交流範圍？竊思所言甚是，遂不揣淺陋，工餘得暇，嘗試塗鴉，斗膽藉相關刊物一隅，效野人獻曝之忱。為使讀者閱讀時產生興趣，從而加深對文玩和藝術品的認識，多些了解傳統工藝美術的創意，下筆之際，着意保留輕鬆說事的語調，也不搬或少用專門術語，且輔以必要的實物圖照，期以圖文並茂的努力，令人接目有得，讀後餘韻留存。

老友律政詩人古松、《城市文藝》主編梅子見之，認為坊間久闕同類作品，提議將部份文字先行結集出版，以期呼喚同好，共促其向榮，為豐富閱讀品種略盡綿力。於是，將拙文整理一過，便成此書。書名《冶性》取自文中一篇文章的題目。尚餘另類寫旅遊的散文中，有一文題為《怡情》，待日後有機會付梓作續編，再以之命名吧。

集內有多篇文章，提到我的已故好友梁子彬兄。他是一個造詣高深的書畫家，能山水、能花鳥、能走獸、能人物，是現今畫壇罕有的多面手。近十年來，我們曾多次在洛杉磯中小型拍賣行內合作競投書畫，他供給我很多書本上見不到的獨有見解，我的賞畫觀念不少建基於他的經驗。出版本書，也是對他的紀念。

末了，要感謝古松兄為我作序。他多年來鼓勵並指點我的寫作，引薦我參加文化界人士的雅集，使我受益匪淺。序文謬獎，教我汗顏。唐至量兄以很有特色的書法為我題寫書

名，也在此敬申由衷謝忱。

　　書中有些圖片，因事過境遷已無從尋回，實屬遺憾；尚幸大多數原刊圖片還在，不至於影響整體插圖效果。所有出版方面的瑣碎事務，因天地圖書有限公司主持者及其編輯出版部門朋友的耐心細緻，均獲完美處理，在此一併深謝！

　　祈望讀者閱後，不吝指教，使我在拋磚引玉中得到教益與樂趣。

陳紹健

2020 年 6 月 6 日於香港

目錄

第一章
週末的收穫

　　星期六中午與友人相約在中環午膳，大雨淋漓，下個不停，飯後雨仍然越下越大，避雨間，見門外有一小廣告，是一間拍賣公司當天舉行小型拍賣會，拍賣的是古董字畫。地點就在附近，遂與友人前往觀看。

　　拍賣會就在一商業大廈該公司的辦公室舉行。當我們進入拍賣場，拍號已過了三分之二，字畫部份已經拍賣完了，正在拍賣瓷器雜項。由於天下雨，場面冷清，參加的人並不多，只有十來個六七十歲的老人家，除了拍賣行的職員，我們算是最年輕的了。

　　瓷器雜項仍在展室陳列，我細心檢閱展出的拍賣品，發現大部份是粗製濫造的現代仿品，小量是民國或明清的古舊民間陶瓷及雜件，可惜藝術品位不高，經濟價值低，

畫虎紋飾花瓶

沒甚麼值得收藏的精品。失望之餘，視線卻被擺在地上一角的一對畫虎紋飾花瓶吸引了，我拿起瓶子細心觀察。此瓶高約三十二厘米，瓶口、瓶頸以及瓶腳均用彩料描繪多重邊飾，瓶身以粉彩繪畫，遠山近崖襯托出正身側面的老虎。觀畫中老虎，氣勢與威嚴俱備，體態逼真。旁有詩句──「攀千峰雄志常在，陟萬壑浩氣永存」，並有年份及繪畫者所落的款式──丙申年仲秋月畢淵明寫於珠山客次。這是古玩行業所稱的「名家瓷」，瓶外底用紅彩書寫「景德鎮市工藝聯合總社試驗瓷廠一九五六年造」（該廠於一九五八年併入景德鎮藝術瓷廠）。內行人看得出，瓶是手拉坯，柴窯燒製。

畢淵明是民國景德鎮繪瓷名家，「珠山八友」之一畢伯濤的兒子，家學淵源，從小跟隨父親學彩繪，善畫蟲鳥走獸，畫藝成熟後另闢蹊徑，精於畫虎之法，筆下之虎具

王者之尊，形神同體，氣勢磅礡。自古至今，在瓷器畫虎，藝術成就最高就數畢淵明，故有「畢老虎」之美譽。畢氏一生勤奮，篆刻、書法、畫藝皆有成就。但在史無前例的文化大革命中，人生受到極大的衝擊，畢氏挨批受整，身體和心靈創傷深重，差點斷送生命。他被勒令停止瓷繪創作，降職為燒窰火工。直到七十年代，美國總統尼克松訪問中國，在人民大會堂見到畢淵明所畫的老虎瓷板畫，嘆為觀止，於是請中國政府轉達，向畢氏求畫，自此畢淵明才得以重見天日，回到瓷藝創作崗位。

順手拿起拍賣場的圖錄，翻看此一拍賣品的介紹，一看之下，頓覺這對瓷瓶可能成為我的收藏。原因是圖錄印錯了，將如此大名鼎鼎繪瓷大師畢淵明的名字誤為「不逸明」，且這對瓶在圖錄中的圖幅太小，未能清楚完整將圖繪的美感表現出來，若只看圖片而不看實物根本不會引起買家購買的興趣，加上這幾天連日下雨，來看展銷的人不會多，憑直覺可推斷不會有場外買家用電話來競投，心中稍作掂量，認為不會超過底價的倍數，便能夠把它買下來。撿便宜拾漏誰不喜歡？

我向拍賣行職員申領了一個投拍號牌，坐在後排一角，靜靜等待拍賣官叫號。未幾，拍賣官大聲讀出該對瓷瓶的號碼和底價。我想舉起手中號牌，但馬上停止了這一動作，我覺得應該由別人先開投，看清楚別人對這拍賣品的競投情況，然後才競投；我不先出手競投，是避免別人

跟風。小拍賣場所很多拍賣品拍賣價都不高，往往吸引一些初入行經驗不足的人參與，他們不知道哪些東西是真是假，只能向別人「借眼」，多人舉手競投的，他們便舉牌，無人競投的，他們便不舉牌。現場人數不多，我不舉牌，別人也不舉牌競投，待其漏拍，我就能以底價買下該拍賣品了。果然，拍賣官再三叫喊，這對瓷瓶始終無人競投，只好宣佈收回，繼續拍賣其他拍賣品。於是，我向拍賣行職員提出要買下這對瓷瓶，並即時付款。職員用卡通紙小心將這對瓷瓶包裝好，禮貌送我們離去。

近年來，名家瓷走俏，原因很多，一是傳統收藏器物，如宋、元、明、清的精品瓷器量少而經濟價值又高速增長，令普通收藏家卻步；二是名家畫瓷藝術觀賞性高，既可陳設又可保值；三是社會經濟快速發展，形成市場需求大增，各層次的收藏者漸漸看好，價格又比明清瓷器低而升值空間大；四是媒體加溫，電視專題報道頻密，使之成為專項，而與各朝代文物並列。

社會繁榮穩定，經濟發展快速，使人們注重藝術品收藏，文物古玩的交投帶來經濟利益，自然亦為仿製品提供市場，以往仿製是由少數人暗中生產操作，冒充一些民國成名的瓷畫家風格，製作尚算認真，有些仿作者文化知識較高，繪畫功力較深，所製作的作品普通收藏者不易識別。如今個人辦廠已成風氣，集體仿製，批量生產，稍有名氣能賣錢的都被仿製，但繪畫技藝每況愈下，傳統功力

薄弱，藝術修養不高，可謂「四不像」，即胎、釉、彩、紋都不像。

不管是「高仿」還是「粗製」，市面上都有一定的銷路，不少入行尚淺的人喜歡購藏這類名家瓷器，當然是作為真品購入。遺憾的是一些學者教授以行家自居，除自己購買外，還不斷向新人、學生推介。我認識一位教授，從事陶瓷收藏及教學近二十年，學術理論很到位，從上古陶器到今天新瓷都能如數家珍，但我在小拍賣行多次見他帶學生鑑別名家瓷時卻真假不分，將上世紀九十年代仿製品與五十年代以前的作品混為一談，但理論仍洋洋大觀，他既將仿製品當真品買亦叫學生買，這不能不令人咋舌。

其實，名家瓷只要願意花功夫研究，是可以分辨的。由清末至今，在景德鎮出現過不少繪瓷好手，但真正能以名家稱譽的大師，不僅有其精深的造詣，更有其屬於自己的風格。看一件瓷繪作品，就應該把作者的繪畫生涯抓在手裏，對照其年份落款，書法題識，藝術技巧，繪畫風格，一一比較，小心求異，最後再考證器的工藝製作方式及其製作年代，若然無誤，那就是真的了。

第二章
仿石刻書法

　　到山東省濟南市公幹，已近寒冬了。香港與當地溫差很大，下午從赤鱲角機場出發，氣溫是攝氏廿多度，穿單衣微帶汗，深夜到達濟南機場時，氣溫已近零度。我們在寒風蕭瑟下進入了濟南市，市容清潔，路面平整，令人在路上行走，頗有舒服的感覺。繁華的城市總是那麼熱鬧，不因夜深而沉寂。我從未到過山東，對當地風土人情知之甚少，腦海所寄存只是一些從書本上所讀到的點滴，如今來到此地，所見所聞，增加了我對濟南的認識。

　　工作算是順利，在很短時間內便把手頭要辦的事處理完畢，然後就是旅遊觀光了，由當地朋友作嚮導，同行者有家華、張傑、王建川等多人，一個上午在市內走馬看花式的轉了數個景點。接近中午時分，來到舜耕會展中心，

在參觀這個現代化建築的同時，還欣賞由山東省文化部門在此舉辦的大型書畫展覽。展品的內容非常豐富，老、中、青三代書法家、畫家的作品各有千秋，有楷書、隸書、行書、草書；有寫山水，寫人物，寫花鳥，寫走獸；有油畫，有速寫，有素描；有水彩，有粉彩，真個琳琳琅琅，目不暇給，恰似百花齊放，百家爭鳴。

　　展場面積大，作品繁多，我正不知從何看起，只見建川向我招手並叫我隨他一同觀賞。建川曾任中央電視四台主播，學識廣博，對書法藝術知之頗深，評品書畫如數家珍，我一邊觀看一邊聽他細述現代書畫界的人和事，他的健談使我獲益良多。

　　晚間，當地朋友設宴招待，觥籌交錯，氣氛飆升，建川海量，席間更以字正腔圓的京韻唱曲，贏得滿堂掌聲，醉後還即席揮毫，一手大草龍飛鳳舞，真是人狂字更狂。回酒店後，頗有所感，撰七絕一首贈建川，詩云：

疏狂把盞話丹青
醉後歌分素女經
筆下風流詩意盡
醒時翰墨亂繁星

　　詩雖草擬好，卻不能大方得體贈予，因我不善書法，不會運用傳統的中國毛筆書寫，正躊躇間，電話鈴聲響

送建川的書法

仿石刻書法

起，是名畫家梁子彬先生來電，有事商議，談完正事後，我忽然靈機一觸，請梁兄代為書寫詩句以贈送建川，梁兄即時答應並清楚問明排列、題識、落款等項。

回港後約一星期便收到梁兄寄來的書法，拆開一看，多了一份驚喜，書法以仿碑帖方式織成，驟眼看是一幅碑石拓本，黑底反白，如同在碑刻上拓下來的紙本，細看之下發覺這可不是拓本而是手寫本的原件，是一件有非常可觀性的藝術作品，用書法界行內術語是「仿石刻」書法。

仿石刻又名黑老虎或稱織碑帖。自古至今，世人喜歡對名家書法作品加以臨摹，用作學習或收藏，「臨」是面對作品依樣習寫；「摹」是覆紙在作品上，以透光方法用幼筆將字形輪廓勾出填墨而成。故摹的像真度頗高。另有將作品鐫刻於石上，以便流傳後世。傳世的石刻隸書以漢代最具代表性，因隸書的結構及行筆利於鐫刻在石上，從曹全、張遷、乙瑛、孔宙等劃時代的書法遺存可以見證，惜漢、晉名家原作均已失傳，後世只能從石刻拓本及勾填本中得瞻其神髓。

石刻碑文經過悠長的歲月，被大自然風和雨侵蝕或遭到各種不同原因的破損，不但無礙其藝術質素，反使作品添上一份古樸風韻，洋溢着一股蒼拙的年代痕跡，其拓本更為歷代鑒賞家所喜愛。

勾填法亦可用作寫碑帖，方法是用雙線鉤填，即將宣紙平鋪在書法原件上，依字體輪廓的痕跡鉤出字形，然後

從字形線外填墨，留中反白的字體有近乎石刻拓本的效果，但整體墨色的深淺變化不會太大。而織碑帖無跡可尋，是一種藝術創造，全憑織者自身創意來追求美感，表達極致唯美的結構體裁，這亦是文人之間一種觀賞玩意。書法家如要書寫出石碑拓本的效果，首先必須對漢隸具有深厚的認識，若兼備從事鐫刻印章的工藝者，在塗寫仿石刻書法時自能事半功倍，原因在於雕刻印章內的「朱文」過程與仿石刻書法一脈相承，同工異曲。石刻拓本在拓製時，按照石碑橫或直的外形用「拓墨」以橫或直單向式拓石，故書寫這類書法時亦要求相應地造出這效果，即直幅的書法需由上至下行筆；而橫幅的書法則由左至右織成，這樣的行筆可逼出相同一致的墨色。

從文獻或前人作品記述中找不到仿石刻書法的起源，目前偶然見到的是近現代作品，可惜能織碑帖的好手甚少。

香港近代書法家羅叔重一手篆隸，如斧砍鏟鑿，書體流暢，字字蒼勁有力。善仿石刻，港人多喜收藏。拍賣行偶有拍賣，然認購者眾，每每以高價售出。

香港現代書法家駱曉山對傳統書法理論深有研究，字如鐫刻，金石刀法躍然於紙上，亦善仿石刻，且可左右手同時易鋒。現與夫人梁娣移居海外，一個能書，一個能畫，夫婦唱和，遊戲人間。

梁志彬兄另闢蹊徑，以畫併入書法之中，使書法含有濃烈的畫意。梁兄這幅織碑帖可看到字與畫交融成一體，

墨色變化大，深和淺之間像碑石年深日久被風化侵蝕所遺留凹凸不平的表象，字有三處崩裂，在「疏」字在「醉」字在「盡」字，無一不是恰到好處，以適當的筆鋒順延「衝破」邊沿，這既合常理亦免致整幅書法困在黑黝黝的框體內，構圖的嚴謹與放縱能達致統一而又和諧，充份展現出強烈的美學感覺。觀其筆法，每筆每字，漢隸風格鮮明，作品的佈局、經營與效果如同石刻拓本。

我曾經目睹梁兄塗仿石刻，是一首《西江月》詞，八句，五十字，梁兄並無起稿，只是按照五十字的分配將宣紙略為摺格，在落筆前稍作思量，然後蘸墨揮毫，一氣呵成，中間無間斷，重複蘸墨落筆，直至編織成秀麗的仿碑刻。我曾問梁兄何以不用打稿，梁兄答：「在磨墨時開始構想，一邊磨墨一邊構圖，就好像繪畫一樣，當宣紙裁好放平後，就開始構思怎樣行筆，心中先有整幅畫的結構，然後反覆量度，到最後定稿已成竹在胸，落筆時就能將心中所擬盡情發揮。」

書法是中華民族傳統文化

藝術精粹之一，源遠流長，行世傳後影響縱深，盡顯瑰麗璀璨。惜時下青少年大都不學書法，不寫毛筆字，科技高速進步，書寫逐漸退步，鋼筆、原子筆趕不上鍵盤、手寫板，更不用說法帖的練習了。

我請名工匠用上好老紅枝木做畫框，配上舊銅掛，將裱好的字幅裝上，送與建川，使彼此友誼能留下一點可品味的色彩。

第三章
觀賞瓷展

　　應黎榮心相約到北角商報大廈參觀《二零零六年香港
首屆中國百年名人陶瓷精品、絕品展》。展覽由景德鎮（香
港）錦宮火聖文化有限公司、深圳南山區（景德鎮）當代
名人陶瓷館、香港商報社、景德鎮市陶瓷館聯合舉辦。

　　黎兄是陶瓷藝術愛好者，行前告訴我，展場有現代瓷
製珍品「紅色官窰」展出，這就勾起我的好奇心。所謂
「紅色官窰」是上世紀七十年代中期由中共中央辦公廳下
達給江西省景德鎮一項特殊任務，為毛澤東專門創製一批
生活用瓷，正確時間是一九七五年年初，江西省省委將此
訂為首要任務，取代號「七五零一」工程，並由景德鎮輕
工業部陶瓷研究所二百餘人經過八個月奮鬥完成此任務。
成品在於製作精良，群集當代製瓷、繪畫、燒窰頂級好手

合作創造：選料稀有，採用江西撫州臨川出產非常稀少的優質高嶺土作主要基礎配料；技術高難，用前所未有的一千四百度高溫燒製。結果空前驕人，成品典雅雍容，瓷面釉質高白，成就超越了前人。

當我們進入展場，見到數百件近、現代藝術大師的精心傑作，每幅作品的畫面都刻畫着創作者的巧思和歷練，使觀者悦目賞心，意趣盎然。當中有多位大師的精品值得讚美：以陸如的《青花蘭石圖》堪稱妙品，畫幅不大卻意境幽深，用沒骨法來繪畫，盡顯高雅，落筆神充力足又富纖巧，蘭花清新，佈局大度，使人看後反覆回味；戚培才指畫花鳥在瓷器上開創先河，一幅《夜曲圖》將花卉與小鳥在月色襯托下的和諧景觀表達得透徹傳神，清純的色彩顯出真情流露，小鳥宿在小枝上，花卉似在微風中抖動奏出輕快的夜曲，散發如夢如幻迷人詩意；徐庚慶在人物風景畫中凝聚自然和生活的美，融古會今地將藝術創新再創新，善寫能工，意筆渲染與工筆重彩融合互動，畫風卓然一格，展品《太極推手圖》用松樹作襯景，人物動作為主題，配以釉下青花與釉裏紅為色調，筆勢瀟灑明快，勁健剛捷，構成一幅朗氣清揚，景闊意深的畫圖；講究意蘊和情調，以靜求動，端莊柔麗，這就是舒惠娟筆下的仕女，用潑墨寫意的運筆堆疊畫中景色，流利活躍的線條生動地勾出倩女嬌姿，使《琵琶行詩意圖》鮮活俏麗，扣人脈搏。

正在細心觀察藝術家們的妙手靈工時，前面擺放的景

物將我注意力吸引轉移，長方形案台承托一個用紅木鑲嵌着四塊瓷板的座屏，四塊瓷板都是素胎浮雕，以圓雕、微雕、鏤雕、淺浮雕等多種瓷塑技法製成的精緻山水圖案，細膩的情態工巧又逼真，遠山近水層次鮮明，小橋垂柳塑來自然生動，這是近代名家蔡金台作品，其結構嚴謹與章法洗練將畫理和傳統技法兼容，以精湛技藝呈現出創作者匠心獨運的超凡境界。

　　轉過座屏背面，始知座屏雙面工，四塊雕瓷背面繪畫四種不同的走獸，分別是獅、猴、虎、鹿，形態各異但都栩栩如生：獅子威武雄壯，迫力萬鈞，透過下沉的腰身和後腿的撐力展示其蓄勢待發的張力，敏銳目光像在掃描那將被捕食的獵物：松樹上金絲靈猴趣致活躍，以爪搔身動作傳神，情態頑皮可愛，生動的畫功將靈猴活潑舉止描繪得惟肖惟妙：山峰上百獸之王氣勢磅礡正身側面的雄姿威猛嚴傲，咆哮聲震似脫畫而出，畫中虎體形比例準確，皮

上世紀六、七十年代在北京人民大會堂展出的畢淵明瓷板畫

毛紋理逼真：高高的鹿角，花花的梅點，閃爍的睛光勾畫
出神情呼應又灑脱遒健的梅花鹿，在悠然自得享受大自然
風情的同時又小心翼翼警惕周邊可能隱伏的危機，靜與動
即將變化那瞬間被捕捉畫面上，讓觀者有寬闊想像空間。
四幅瓷畫由譽稱「畢老虎」的畫虎名家畢淵明手繪。

　　這套瓷畫先由蔡金台雕塑成型入窰爐燒製，再由畢淵
明以粉彩繪畫後烤花而成。兩位近代大師的名作在同一瓷
板上背製，四塊並列，可以稱為近代難得一見的絕品，真
正使人有嘆為觀止之感。但當我看這套展品介紹時，驟覺
手心在冒汗，咽喉乾涸，説話聲音帶有嘶啞，原因是這展
品在北京人民大會堂擺設了三十五年，直至九十年代中期
才退回景德鎮政府，其間曾出現離奇曲折之事，作者竟憑
自己的作品將自己從水深火熱中解救出來，真可謂天意。
由此作品產生的故事已成美談，至今仍在景德鎮陶藝界傳
誦。事緣於上世紀六十年代中期，共產黨領袖毛澤東發動
了一場史無前例以階級鬥爭為綱的文化大革命運動，這場
鬥爭遍及全國各地深入各個階層及至每個家庭，衝擊面廣
闊，影響深遠，無數知識分子、教授、技術專才受到壓迫
和打擊，而畢淵明正是在那種情況下，成為打壓對象，受
到批判和鬥爭，被禁止一切創作及瓷繪，下放為燒窰火
工，身體和心靈受到極大創傷，由於思想不能適應過來，
感到前路茫茫，對人生極度灰暗，這對一個陶瓷藝術家來
講，失去繪畫與創作如同失去靈魂，畢氏為此幾乎將生命

放棄。直至一九七三年中美秘密談判，美國總統尼克松訪問中國期間，在人民大會堂見到畢淵明這套走獸瓷板畫，驚嘆神工，於是請中國政府轉達向畢氏求畫，畢淵明精心繪製了以熊貓及老虎為題的瓷畫轉贈，至此畢淵明才能回到原來的瓷繪創作崗位上。

多年以來我一直渴望能見到這套作品，在此得到意外驚喜，能近距離觀賞是有緣，當我輕撫這展品時，看見自己伸出的手微微顫抖。

欣賞大師們精心力作的同時亦將每幅畫帶給我的感覺演繹給黎榮心聽，彼此交換心得，時間過得真快，不覺間已由中午過渡至黃昏。

這時有位職員從外回來，見到我們如此興致，走過來攀談。該職員身材瘦削，年約四十，講一口帶江西音國語，說話音輕語雅，使人樂意聆聽他的解述。他介紹名家作品時能將各種不同風格的瓷畫深入淺出逐一點評，且條理分明，層次有序。由於喜好相近，我們便交談起來，居然越談越起勁，一下子就把距離拉近了。他告訴我他叫鄧義頻，在景德鎮出生，從小便跟父親鄧仲明（瓷像畫家）攻畫瓷像，亦愛寫花鳥魚藻，現被評為景德鎮市技術職稱高級美術師。我亦留意到場中有他的作品展出，魚藻與花鳥繪來都清新秀逸。我們討論了多位成名大師的作品，對傳統彩繪工藝與陶瓷科技創新交換了意見。後來，他指着一個展品請我鑒賞，展品離遠看去就感覺到與別不同，這

是一個造型美觀的平口瓶，高和寬都是三十五厘米，色澤亮麗，釉面技術多重而複雜，瓶不是一次性燒製而成，是經過多次上釉複燒，最後才畫上紋飾烤花。畫以典故「帶子歸宗」為題，一對雌雄雞帶着一群小雞在嬉戲，鮮明的色彩與靈動的小雞對比呼應構成清雅美妙的視覺

游亞芳畫「帶子歸宗」釉上彩大罐

效果，高超技法刻畫出動人的畫面。畫者游亞芳女士，景德鎮美術家協會會員，技術職稱高級工藝美術師，曾有作品獲得上海第七屆中國工藝美術大師精品博覽會金獎。這件「帶子歸宗」被收錄入《中國現代陶瓷全集》景德鎮卷。從瓶中畫藝可看到游亞芳在中國畫傳統功力上的深厚，是新一輩年青藝術家中佼佼者。鄧義頻認同我看法，並謂假以時日她的成就將可共睹。

黎榮心在一旁聽我和鄧義頻如此讚賞這位青年瓷畫家，興趣馬上就來了，從袋中拿出單筒高倍望遠鏡拉開細看瓷釉的彩澤。鄧義頻見此舌頭一伸，小聲在我耳邊道：原來是大行家，還好剛才說話小心謹慎，若不然要貽笑大方。我聽後差點要爆肚笑開來，殊不知黎榮心有高度弱視，一隻眼已近失明，另一眼只有丁點視力，朋友間戲稱

「盲仔黎」，如果不用輔助器材就不能看清楚事物。我不便解釋多說，待觀賞完此瓶後，按黎榮心所願，我與鄧義頻商議瓶子價格，以三分之一扣減把它買下來。

　　黎榮心好奇問為何這幾年那些大師級的畫作價格飆得這麼快，從幾萬、十幾萬到幾十萬，原因在哪裏？銷情又如何？鄧義頻答：原因很多，內裏包含一股炒作風氣，其中不乏商人與畫作者合謀用各種方法將價格推高而形成的一種風氣，部份工藝大師名過其實，作品無創意，只是將從前成名的構圖重複又重複：另有作畫不用心，輕忽草率，價錢訂得高卻滯銷，造成有價無市，但又不願降價，恐有損聲威，一些工藝大師寧願在銷售商訂貨時以買一件另送一、二件的方法出售，銷售商亦划算，賣時可作較高扣減，買家因為買到較市場價便宜的貨亦開心，是否物有所值這只能各自心算。

　　來到「紅色官窯」櫥窗前，見到高白釉的梅花杯、蓋碗時，被其端莊穩重的造型、柔和簡潔的色彩深深吸引，富立體感的圖案深淺融和，釉面如凝脂嫩玉，在射燈下晶瑩剔透，邊沿瓷質沁着淡淡一抹蝦玉色微紅，漸次而下轉為青白明亮，落到接近圈足處呈現一輪半透明的淺碧綠。我把一碗小心捧在手上用指輕輕彈擊，悠揚悦耳的聲音蕩人心弦。這可是二十世紀高科技應用和高藝術效能多方位結合而孕育出的成果，是個跨時代產物，亦只有在那個特定的歷史條件下才能使這個堪稱天下第一瓷的「紅色

紅色官窰釉下彩印盒　　　　　釉下彩梅花杯　　　　　釉下彩水砵

官窰」問世。我望着它怔怔出神，久久未有把它放回原位⋯⋯

　　能有這樣高水準的展覽目前比較少見，展品幾乎涵蓋現代成名瓷畫家及部份近代名家的作品，由於都是真跡的緣故，可作識別鑒賞指南。相對起現時國內到處賣假，不論哪個朝代能賣錢的都仿做，以假作真賣，德行敗壞，歪風妖氣使人厭惡，而這瓷展卻使我如沐清風。

　　回家路上，我把剛才看到的展品在腦中複讀，精彩處拍節擊掌，興趣未因離開現場而減弱，心中獲益良多。民國的瓷製與建國後的瓷製或現代的瓷製在顏料、胎土選用、燒造技術都在演變改進，雖是百年歷史，但比較下仍能清楚區分，這些心得將在日後可以應用矣。

第四章
冶性

多年前曾向古玩商人張胖子購買了一件具元代器型的藍地白花鴛鴦紋小盤，盤以寶石藍釉作底色，蓮瓣形邊口，鴛鴦戲水蓮花荷葉為飾紋，紋飾是高白釉淺浮雕帖花，平沙底，直徑約十六厘米，器完整，精美。

當時我對元瓷認識不深，張胖子經營古玩多年但對元瓷也不甚了了，不能確定這盤子是否上朔到元代，只是得來價廉，不作深究，賣給我是希望在生意上能多作交易，平買平賣。

我用手撫摸着這從未見有相同工藝與紋飾共聚一體的成器，心潮起伏催動脈搏加速跳躍，如此珍貴東西這樣輕易得來，簡直不敢相信，有點像在夢裏飄然。

回到家裏用洗潔精開水泡浸了一晚，明早以清水沖

洗，光潔如新出窰爐，既無火耀也沒有使用過的痕跡，用放大鏡打落不見任何傷痕損口。這使我萌生疑惑，歷六百年的製成器何以仍然如此完美新亮，我不能劃為近仿，此物有多種物理現象是今天仿舊仍然不能突破的技術難關：亦無法看出製成時代，因我的經驗未能為我解開疑點的謎。火熱心境如遭冷水淋潑漸漸凝凍，我的臉面像洩了氣皮球般謝了。按古董行業前輩的語錄「一件物件以十分計算，九分是真，一分有問題就要放棄」的原則，我唯有把這小盤退回給張胖子。

從那以後我對元瓷開始用心，憑書籍、瓷碎片入手，摸索着將理論和實物驗證，常取瓷碎片放在手中把玩，從碎片中感應時代氣息，待有拍賣行舉行拍賣預展時便去觀賞，還將展品裏的元瓷上手細察，更向行業中有經驗者問教，漸漸我對元瓷有了初步認識，能抓牢一些特徵，令普通仿品不能逃脫我的視線。而我亦明白退回給張胖子的元代小盤子是真品、是文物級的精品，無使用過的痕跡不等同現仿新造，一件器物的鑒定是要從多方面多角度去審視的，遇到解決不了的疑點可化為學習的方向。

幾年前有位古玩藏家拿了一件青花大罐請我鑒識，説是他叔叔的藏品，在家已有二十年，最近叔叔去世，此物留了給他。罐直口、溜肩、圓腹、脛部漸收、淺圈足、沙底無釉、口部飾海水波浪紋、肩部飾纏枝蓮花紋、腹部主體飾牡丹纏枝花紋、脛部飾蓮瓣紋，青花色澤濃艷嬌藍，

器型俗稱「大口罐」。

我將罐小心翻看，覺得它與元代製罐造型接近，釉色白裏泛青，藍料發色大概相同，工藝流程合乎標準，但似乎少了點時代氣息。若貿然說是仿的吧，又一時找不到印證，從未見過如此高質素的仿製品，而且，更重要的一點是曾在國際一等拍賣行上有此相同大罐以非常高價拍出，在未有方法斷定製造朝代情況下找來多位行尊請教，奈何各人意見不一，難落定論。我不想重蹈上次覆轍，在徵得物主的同意下，由樓鋼、張代偉二位古瓷愛好者轉交給香港中文大學作熱釋光檢測，報告出來是上世紀的仿品，判定時間不會超越五十年。

其實並非名牌拍賣行拍出所有的物品就必定是真品，名氣這一假象能使人迷惑，物證給我帶出了新課題，意義深廣，明白還需花時間下功夫去將真贋深入比較，除各項基本知識及眼力辨別要不斷提升外更要向日新月異的仿製技法貼近。因為仿造古瓷，特別是仿造宋、元、明、清各朝官用及民間陳設精品，難度很大，仿品能做得好、仿得精緻，其本身就是一件藝術品。仿者藝術涵養與技術修為品位定必深厚，每一道工序都要精準無誤，使物料、工藝、美術、窰燒等能假僭真器的標準，從而逃過鑒別的判定，認識仿品也是鑒定古瓷的通道。

上月到國內公幹，忙裏偷間去古玩街逛逛，順便了解最近的市道行情。到了古玩街看看走走轉了一圈後進入一

間相熟店舖，店主不在，外出了，只有一伙記，因我常來，伙記亦頗為相熟，人明快且健談，招呼我坐下，奉上茶，遂將新貨一件一件捧來給我過目。這店子以經營景德鎮現代名家瓷為業，間有銷售古瓷。

一邊觀賞物件一邊聽伙記將古玩大街上近日的花邊趣聞細述，聞者會心，講者興奮。而擺上枱面的貨品有老瓷有新器、有出土有偽作，就是缺精品，不過不影響我對新釉新胎土與舊釉老胎作比較的心情。漸漸進入了忘我的空間，很快就消磨了一個下午，見到對街商號拉閘關舖才起身道謝告辭。出門時剛好碰上店主從外回來，手裏拿着一個高足杯，看見我便一把將我拉回店內，說很久沒見面了，要請我吃飯敍舊。店主姓金，經營古玩瓷業只有數年，人倒勤快亦重信譽。但我有約要赴不作逗留了，反倒對他手上的杯感興趣，他告訴我說是從地攤上撿回來的，是老貨，價錢相宜。這兩天近處一個商業廣場搞了個大型文玩藝術品展銷活動，各地很多個體戶到來搞展銷，但是都以假貨居多，真的很少見，就是有一點舊雜貨亦沒有甚麼收藏價值，偶然有小攤子例外。我問他對這杯子的看法，他說胎是老的，惜未能斷代。我請求轉讓，他微笑說不用，只要能分析透徹使他心悅誠服，這杯送我，說罷把手裏杯子遞將過來。這可不是生意之道，我不能把杯就此拿走，唯有推卻。店主笑道既然如此就將原來的價錢翻一倍吧，我如數奉上，同時從衣袋中掏出電話為我可能會遲到而向

杯外釉裏紅梅花紋　　　　　　　　　　杯內釉裏紅菊花紋

約會的對方先行致歉。剛用手接過杯把，杯身就在杯把上滴溜溜地轉動，造型奇妙，時代氣息強烈，行內稱「開門一眼貨」，是元代釉裏紅高足折枝花紋轉杯，用作飲酒的器皿，適合馬上把持。

　　時代氣息的稱謂既實在又虛無，交替在有無之間，玄妙處是感覺它的存在卻沒法用言語去表達，是傳統以眼力斷代的重要依據。我為實物從造型、釉色、畫紋表達了目測的觀感：杯型直口、深腹、近底弧度內收，杯身一側有一卷草形小耳繫，上小下大的竹節型高圈足底處呈外撇喇叭狀，柄把與杯體分別以榫相接套、濕胎結合：露胎處瓷色白中帶灰，胎上有不規則鐵褐色小點，雜質多，有氣孔及沙眼，這是元代粉碎和洗練胎土技術簡單粗造所至；通體施青白釉，釉色上下一致，薄而溫潤、玉質感強，光澤

不耀眼，用手輕摸自覺平滑細膩，經過高溫窰燒處理後，鐵的氧化物從釉與胎體夾縫處沁出一圈不太明顯但自然的火石紅色：器內底繪折枝菊紋，器腹外繪折枝菊花及梅花，以線繪塗抹方法裝飾，色調深艷中帶褐變及暈散，濃處有斑點積聚，紋飾外有散落的飛紅。

整體觀察此器見不到人為造舊痕跡，工藝過程自然流暢，工匠用純熟技藝修出靈巧，使這杯留下不朽的時代精神，是元朝景德鎮釉裏紅瓷器的小件精品，因杯身可在高足上左右旋轉而不會掉落，故稱高足轉杯。如此工藝的製型隨後明、清各朝不見生產。店主邊聽解述邊細心檢察，他是明理人，個中關鍵一點即透，道理舉一反三，達到了求知而有得的滿足，心裏的笑容從臉上綻放，我在稱謝聲中告別，他為我僱車並叮囑下次來時定要讓他請宴做東。

釉裏紅的產生是元代瓷製工業在釉彩上創新和發展的成果，時間大約在十四世紀初期，工藝方法是在素胎上以含銅元素的顏料（石青）繪畫紋飾後，罩上一層透明釉入窰高溫下一次燒成，但燒成率低、成品得來不易，歸因石青原料在高溫燒成過程中呈色不穩定，色澤表現往往強差人意，釉紅中多夾雜不同程度的灰黑及暈散，不能與同時代發色純正濃艷的釉下青花相比。

直至上世紀末，大抵文章講述元代釉裏紅器物傳世只有數十件，成器難求，碎片亦不易得。但其實不然，隨着社會變遷，城市建設、道路修築、土地開發，很多窖藏和

古窰址的出土使得元代釉裏紅瓷器及碎片能見天日。只是收藏者大多不曾上手觀摩，偶有遇見而未能分辨又讓它流走。

然認識元瓷不算難事，元瓷的藝術性與物理性是獨特明確兼帶有可閱讀的文化內涵，只要弄清元瓷的胎料、工藝、釉色、窰燒四項工序結構就等於掌握住元瓷的基礎知識，看出整體一致就是看出了真品。

第五章
偶談宣德銅爐

　　清晨，電話鈴聲響起，把我從睡夢中催醒，不願意地拿起話筒，一把宏亮的聲音在聽筒內叫道：「快起床！有好東西給你看。」聽得出音頻充滿着興奮，是老趙在叫。我笑罵何時兼職司晨。老趙講本來昨晚就想把我從家裏拉出來，只是過了落馬洲海關已時近午夜，放着好心才讓我安睡幾小時。說話間便轉入正題，原來他在大陸古玩中介手上買到一個明代宣德銅爐，得寶之餘想叫我一起分享他的喜悅順便確證銅爐真偽。

　　老趙在古玩行業打滾多年，經他上手買賣的東西不少，煉就一雙金睛，尤其對三代青銅器心得獨到，能使他心情這樣興奮的物件，相信一定是值得收藏的上品。

　　應約與老趙相聚，一邊品茗一邊聽他將銅爐前任擁有

者的故事細說：爐購自一個居住廣州的書香世代之家，物主是家中獨子，祖上三代單傳，婚後一直無子，太太覺得責任在她身上，甚為歉疚，於是為丈夫物識一女子，娶回家中作妾。然太太從不以女主人自居，與妾侍相處如母女、如姊妹，呵護備至，事事禮讓妾侍，使妾常感其德，雖年歲有所相距，不影響三人共過融融快樂日子，惜仍無所出，想來該是丈夫身體事了。妾侍心內發急，請來算命先生指點迷津，算命先生話須置一香爐，每日焚香誠心禱告，自有天賜。妾侍找出祖上留下這香爐，天天洗手燃香、專此誦拜。上蒼不負有心人，翌年，妾侍有喜誕下男兒，物主從此放下心頭石。時三人同為人師表，白天同校施教，晚間同枱食飯，工作和生活融為一體，在互相關心和愛護中充滿了歡樂。可惜幸福日子不長，新中國成立後，實行一夫一妻制，不容許齊人生活，要妾侍離開他們，但妾侍堅決不從，仍一起居住。很快就受到學校批評和街道居委領導的教訓，妾侍還得經常接受一些群眾上門再教育，所謂再教育只是指責和謾罵，妾侍以無聲對抗，一家人生活從此籠罩了陰霾。曠古浩劫的文化大革命運動開始後，學校不用上課，學生受社會環境支配，大搞「破四舊，立四新」等反傳統文化之事，將無數教育工作者列為階級鬥爭對象，毆打、批鬥、抄家、遊街示眾等粗暴惡行遍及全國大、中、小學，銅爐物主一家當然無法逃避。抄家時，紅衛兵將室內供奉佛像及所有祖傳古董庋藏盡數掠去，妾

侍斗膽把這爐藏入懷中得以幸免。精神屈辱遠甚於肉體傷害，太太與丈夫無法承受心靈創傷，極度哀痛下相繼離世。同月，子隨學友習泳遭溺，凶兆傳來如同天雷轟頂破腦捶心，妾侍哭得死去活來，怎受得連番打擊，想要相殉，親友死命規勸才存活下來。此後，深居簡出，每日燒香禮佛，香火四時不斷。爐身在旺盛的香火燻炙下日益嬌艷，越燻越純，成就如此柔和色澤。直至去年，妾侍病故，家中一應雜項交由娘家子侄處置，銅爐亦藉中介流出。

　　旁若無人的聲調從老趙口中噴出，心內喜悅洋溢於表，故事亦謂感人。每件藏品都有它的故事，每轉手一次就多一個故事，只是因人而說。我臉上像掛了層笑意，實在有點似笑非笑，老趙從我臉色看到異議，眼中浮起迷茫。故事已聽罷，物品尚未看，要我有何表白呢。老趙這才醒悟，急急打開手提袋從內拿取多重膠紙包裹着的銅香爐。

　　拆開封紙後，眼前所見的果然是好東西，器形高雅，年深日久風化而形成的表皮包漿柔順養眼，以青銅為材質的爐體暗泛霞光，手工精良且考究，微侈口、短頸、溜肩、垂腹、圈足，由頸至腹設一對龍形耳，足底印紋「大明宣德年製」楷書款。

　　老趙見我在仔細察看銅爐，開心地說：「了不起吧？有眼光吧？這樣難得一見的宣德銅香爐也能找到。」他的話音還未散去就看到我在搖頭，不以為然的反問：「怎麼，

明晚期仿宣德銅爐　　　　　　　　　明晚期仿宣德銅爐底部

新的？」見我仍搖頭，臉上的笑容立即消失，上身傾前，雙眼直瞪着銅爐問：「有疑問？」看到他這副緊張樣子，我笑了，說道：「別擔心，這是有高價值的東西，是明代晚期製品。」

　　換句話講，這就不是明朝宣宗時代製造的宣德銅爐了，經濟及藝術價值相去甚遠，不能等一而論。老趙對我品評有所抗議，不斷提出反證，希望能改變我的觀感。

　　宣德銅爐稱譽古今的藝術成就與魅力源於造型、材料、冶煉工藝。形製古拙：按照《宣和博古圖錄》內所繪爐形圖案揀取八十八個款色和內庫窖藏宋代柴、汝、官、哥、鈞、定瓷器中選樣二十九個，共一百一十七種繪圖鑄造；材精料繁：以古暹羅國（即今泰國）於宣德初年向明朝進貢的一批經過精煉的優質風磨銅為主材，配合日本

紅銅、荷蘭花洋斗錫和本國赤金白銀水銀及鉛等多種貴金屬和礦石物質為輔料，混合而成爐體材質；冶鑄工巧：工藝製造特點是多種多重的合金冶煉技術，以科學方法將不同熔度的金屬經火熔煉，按不同爐質和爐色需要由六煉至十二煉不等，煉成金屬液體，澆鑄成型。呈色美雅：在紅銅色、金銅色的基調下，混生出栗色、茄皮色、棠梨色、褐色、藏經紙色等各種顏色，淡穆柔麗的外表與燦爛多變的骨質融溶幻化成一層寶色光華。持者愛不釋手，海內外文物玩家企盼能得以收藏。

　　據明呂震編撰《宣德鼎彝譜》內記述，宣德銅爐是明朝三年三月初三日由宣宗敕令工部鑄造，以作皇室供祀神

大明宣德年製刻款獅鈕
蓋沖天耳乳足爐

祇及各宮、殿、閣、室、書房焚香之用。只有官鑄的宣爐才稱得上真品，而真品就僅此宣德三年製造的一批，以後並無複製。國內有學者撰書陳述指明史料有記載「宣德三年十一月宣宗下旨補鑄銅爐，補鑄數量約一萬五千六百多件，前後實際鑄量超過一萬九千件」。這就有所爭議，因宣宗下旨補鑄的不是香爐，而是補鑄別的形製祭器，以作頒賜各處廟宇、歷代帝王陵墓所用，更無記載補鑄所用的材料和耗量。自有宣德銅爐面世，仿製品亦尾隨而來，明各代朝廷與民間對香爐需求日增，在世人喜愛下，仿者遂沿用宣爐樣式或稍作更改仿製圖利，但由於選用材料及冶煉工序達不到原有要求，爐身已無官爐應有的晶瑩。

清初至乾隆時期的仿品造型多姿多彩，製作精良，呈色秀麗，外形相當逼真，上好者幾可媲美宣爐，雖假亦極具收藏價值。

清代晚期及民國年間的仿品粗製濫造，質量很差，無論用料或鑄工都不能與明代及清早、中期的仿品相比，所用銅質未經精煉，雜質多，呈色弱，爐成後更以做舊、塗色等作偽騙人。

由於現代機械先進，仿製流程大為減省，爐的形製與爐身重量都能直追古代香爐，連爐底字款也模仿得惟肖惟妙，製作工時短而數量多，更可作批量生產。但在打磨工序方面採用機械拋光，電力轉速太快、磨擦力猛、光澤強度大，俗稱「火氣」也大，離真品甚遠。

宣德銅爐研究資料均出自《宣德鼎彝譜》、《宣德鼎彝圖譜》、《宣德彝器譜》等明著清代傳鈔本，但各本記載並不全面且內容出入頗大，陳述紀錄各有不同。

前人及現今專家、學者著書立說教導後學：鑒定宣德爐要從造型、重量、呈色、質料、銘文等多方面觀察。但怎樣作為一個辨別標準呢，自古至今並無留下實物對照，亦沒有文字可以斷定說明，造型、色彩眾說紛紜，致使爭議層出，成為歷史「懸案」。

國內曾有人出專著，教導讀者識別真偽，其中提到形製、呈色、材質的鑒定依據，形製：「看宣德銅爐的造型特點是否具有明宣德時代器物製造技術的特徵，通過測量宣德銅爐的規格尺寸，用鑒定器物與確認的宣德爐標本比對馬上可知鑒定器物的真偽」；呈色：「用（鑄件外層塗料法）工藝技術製造出金、銀、青綠色（蟹青色）、栗色、蠟茶色等諸色，統稱為銅爐皮顏色」；材質：「凡銅爐具有風磨銅成份的就一定是真宣德爐，反之沒有風磨銅成份的一定是偽品、仿品或是一般品質的銅爐」。

這種觀點使後學者摸不到邊際，看時好像有所了解，回心細想又得不到實質性的收益，鑒定問題仍是解決不了。試問用甚麼標準去檢測宣爐的製造技術；用甚麼器物可作為斷代的宣爐標本；哪一種呈色才符合鑄件外層塗料法；哪一種呈色才可歸納為銅爐皮顏色；怎樣方能化驗出風磨銅的成份；風磨銅的呈色又以怎樣的色準來分辨。這

一系列問題就是歷史「懸案」，有待解決。目前坊間流傳有關宣爐辨識的書籍仍不能使讀者清楚認識真正的宣德銅爐。

十多年前我對辨別真偽宣爐下過功夫，先是翻閱宣爐資料及有關參考書籍，按照書中所述細心研讀，繼而將手上的明清銅爐按古法水煮火燒，但無論我費上多少心力，都不能有效提出具說服力的論證，舊有的指引應對不上鑒測，這使我對傳世文獻產生不少疑問。書籍上記載宣德銅爐以特殊工藝及多種金屬礦物經多煉而呈珠光寶色，色澤變幻百出、奇光迴瑩。但怎樣才能使銅爐回復「珠光寶色」是辨證的要點，若能突破這鑒定的關鍵便可解決歷史之謎。

近人賞爐重「皮殼」，愛光華內蘊、靜穆不囂。而明末玩爐之人重色澤，喜將爐新磨，把皮殼盡除。兩種愛爐方法截然不同，內裏大有文章，似乎為鑒爐留下了玄機。再三量度之下，心內有所決定，我選出數個明、清銅爐，沿用明人玩爐方法加以打磨，皮殼除去後，爐煥然一新。細察下，發現爐非純銅鑄造，爐體混有不同的金屬礦物，產生出耀目的光華，從折射的光線中看出這些古代銅爐亦非單煉而成，惜仍無法呈現宣爐風采。

我另再選用一個憑自身經驗推斷為明朝宣德年代製造的銅爐作測試，爐闊四又四分一寸、高三寸仍欠一分、重四百五十五克，獸臉鋪首、蹄足，棠梨色。

　　爐身一半以粗鋼綿擦磨翻新，一半保留原狀。除去一半皮殼後的爐體呈現麗亮晶瑩、溫文不燥的膚色，並無舊爐翻新後所出現的刺目光耀，我驚訝於新、舊半體呈色一致，狀如水墨深淺，仍是棠梨色。受光後，爐身出現奇光幻彩並隨光感變化，這種奇特的物理現象暗合古籍記載。此時日當正午，室外陽光高照，我急忙持爐出外，烈日下，除去皮殼的半身華光萬彩、絢麗奪目，呈現出過去極難想像而又真實存在的珠光寶色。難以自持的喜悦在心內激盪翻滾，長久以來一直無法翻開的謎頁得到顯露，我的笑容薰染和風使四周充滿溫馨。

　　重新仔細檢視爐體材質。光線下，材質發出各色的寶石色彩，亦有金、銀、銅、鉛等多種金屬光芒，這種用萬紫千紅不足以表達的光芒是由無數不同色澤的金屬礦物體微粒所組成；成銅爐主體材料的銅金屬呈現金黃色；爐是整體染色的，金屬顯色礦物與非金屬顯色礦物共冶，元素不同的化合物結合產生不同的顏色，溶融出新的色種。能使新的色種呈色穩定，就是宣爐的高技術了，後世至今仍不能仿傚。

　　我每逢外地公幹後回家，都會把這銅爐拿出來玩賞一番，品看爐色變幻，真是開心樂趣。但隨着時間漸遠爐色漸迷茫，爐身的「包漿」漸現，慢慢地皮殼渾然一體，不再有寶色的光芒。這與其他被除去皮殼的銅爐不一樣，其他銅爐皮殼被除後沒有復原，有件清代初期銅爐更因爐表

是染色，磨去表色，不可還原。反覆推敲下使我明白是金屬體內鉛的作用，鉛與空氣接觸容易表面氧化，由於與其他金屬合體致使爐表的氧化過程減慢，氧化過程把光和彩涵內，色澤變得柔順自然。

　　為進一步求證宣德銅爐色澤，我找來另一個目測為宣德年代的銅爐作測試，爐高四又四分一寸，闊四又二分一寸，重六百二十五克，朝天菱角耳，乳丁足，栗殼色。這爐造型獨特，爐身高度明顯拉長，重心巧妙牢固於上斂下寬的腹部，乳足如棋子，看似背離常規地與腹底接連，實氣韻神髓所在，構成靈巧體形。我從菱耳鋸斷處的橫截面看到珠光寶色，銅金屬出現金黃色和紅銅色，呈色與爐體表色一致，也是整體火煉染成。

明宣德朝天菱耳乳丁爐
井圓口、口沿設菱耳一
對、斂腰、腰上束一圈
微扁絃線、垂腹、乳丁
足、底鑿刻「大明宣德
年製」楷書款。

此時老趙為我杯中加添熱茶，插口問：兩個爐，表、裏色澤都一樣，銅金屬作為爐體的主要材料而呈色金黃，這樣可以解讀成風磨銅的色素嗎？這問題頗關鍵，我笑着對老趙說：不愧是老行尊，張口便入骨，謎題以此為最。風磨銅進獻明宮前經已精煉，色體穩固，不會改變原有色澤，作為鑄爐的主要

灑金宣德銅爐

銅材，用料必多，而這兩個爐體內的主材銅料所釋放的銅澤清晰地解開了世人對風磨銅呈色之問。老趙又問：前人求爐尚精光內含，靜穆而不囂，如處女肌膚般潤澤，這和珠光寶色相左，又怎樣解釋呢？我答：我曾經試過在獸面蹄足爐內放入檀香燕之，檀火日夜不斷，不足兩天，爐身漸起溫瑩彩澤，內蘊奇光。至於打磨後出現的珠光寶色就是另一副門面了，並無衝突。老趙笑罵：「你這人聽來好學，實在煮鶴焚琴，將傳世之寶如此損害，愧對斯文。」

我聽後抗議：「這兩爐到我手前已是殘損，我只是從破處求出真相。」

老趙為我叫來不少點心，一邊吃一邊傾談，很快就過了一個早上。因另有約會，便向老趙告辭，老趙意猶未盡，請我另擇時間為他提解爐款，我應諾而別。「大明宣德年製」六字款式是鑒定宣德銅爐真假的另一個重點，《沈氏宣爐小志》內有「前人論宣爐首重款次及色」的說法，若能將款式斷為明代宣德朝鏨寫便是真宣。至於怎樣鑒定宣爐款式，那是另一題目了。

雖然仿爐充斥，但真爐材質和技術無法假冒，民國大鑒賞家趙汝真先生在其著作《古玩指南》裏指出，「古玩中以宣爐之鑒別為最易，蓋真偽之間相去太懸殊也。通常以為難於鑒別者只是未見真宣耳」。這樣述說是正確的。

第六章
買馬

　　在上環地鐵站出口碰見張穎，她告訴我轉換了新公司，仍在拍賣書畫行業，只是公司規模較小，營運小拍賣，每二至三個星期於週末舉行一次，近期有港澳收藏人士將一些藏品拿來上拍，間中出現好東西，囑我有空到她公司觀看拍前預展。

　　張小姐在書畫買賣行業工作多年，對業內所知甚多，只是很少表述，常拿來名家作品給我觀賞，亦曾帶我到一些收藏家家中觀看藏品，使我有所得益。

　　這個星期五的下午，我剛好有空，便去看看。張小姐工作地點在香港中環皇后大道中一幢商廈六樓內，公司與拍賣場一體，場內地方只有數百呎，員工四、五個，但展品數量繁多、條幅滿掛，能空出的走道窄小，多來幾個客

人觀展都要小心相讓。張小姐見我到來，遞上圖錄，叫我隨意觀看。

場內拍品真、偽共存，是考眼光的地方，不要小看小拍賣行，時有讓人驚喜的拍品。名家而又「開門」的貨品標價當然不便宜，但仿得好的贗品標價一樣貴，當中又存在一些小名家作品及較冷門不為人熟悉卻有一定價值的物件，這類文玩標價偏低，很吸引普通收藏人士，給尋寶者多了機會。

購物憑買家喜好，拍行不負責真假，只管貨銀兩訖。當然，凡拍賣行都有專人把關，入貨時，會將物件篩選，揀選俗稱「甜口」賣相好的貨品登入拍賣圖錄；反之，就算是真貨但「不好看」亦會被放棄。張小姐這家公司老闆是葉小姐，年青漂亮，難得的是待人接物總是謙虛有禮，更不知用甚麼方法請得動書畫鑒賞專家譚教授作顧問，為公司的入貨把關。

我根據圖錄與實物對照，發覺二者參差比較大，這或是印刷不夠精細和圖像細小的原因，圖錄未能將實物清楚顯示，但可按圖錄編號找尋實物，觀察和了解價錢。由於低價的吸引，使我對圖錄中兩幅標示馬晉名字繪畫的雙駿圖很感興趣。一幅約長九十厘米、闊四十厘米，標價在萬元，圖中雙馬在山坡樹前奔走間纏綿廝磨，上題丙寅嘉平月湛如馬晉畫款；另一幅約長三十二厘米、闊四十三厘米，起拍價是八百元，圖中雙馬一立一臥在山坡草地上休憩，

上題乙亥新春伯逸馬晉款。與現今的市場價格對比，這兩幅畫的標價實在便宜。

馬晉繪馬在上世紀三、四十年代已名聲遠播，作品有經濟價值，在市場廣為流通，名人商賈都希望能得到他的作品用以裝飾家宅廳堂，工筆寫實的畫馬筆法在當時與另一繪畫大師徐悲鴻的水墨寫意畫馬筆法在畫壇相互輝映，贏得世人並譽。

馬晉原名錫麟，字伯逸，號湛如，北京大興人，生於一九零零年。自少喜愛畫馬，以郎世寧畫本作臨摹，勤奮用功不懈，早年已有名聲，後受金城、陳師曾兩位名宿指導，將寫生與臨摹結合，工筆中含寫意，融和中西技法而自成一家。

展場沒將這兩幅畫掛出，我持圖錄向職員點出編號要求觀看，職員從貯物室找出且解釋因地方小不能將所有拍品展示。我接過兩幅畫後，坐在一旁細心觀看。

兩畫一對照，便見出高下。大的一幅以樹木山坡作插景，襯托主體奔走中的雙馬，惜樹幹鉤劃軟弱無力，樹葉渾散不成形，染點無方，虛實感不強，畫中雙馬繪畫得尚算是中規中矩，有馬晉繪馬的風格，丙寅年即一九二六年，當年馬晉二十六歲，稍露頭角，書是舊有作品但不開門，有爭議。小的一幅以山坡草地襯托一立一臥的雙馬，傳統宋元繪畫技法將遠山近坡染、點成有陰陽背向、有質感透視的藝術插景，馬形工筆寫實、富立體感，鬃毛細巧

不碎亂，色彩乾淨漂亮，畫內融和中西技藝，是一幅雅俗共通的欣賞畫，乙亥年即一九三五年，當年馬晉三十五歲，已是畫壇明星，在山水、走獸畫藝領域上穩佔一席高位。

我心有所屬，決定要買下小的那幅畫，藝術固然高，但主要還是低價吸引。把兩幅畫交回給職員，想起星期六約了朋友在廣州相敍不能到來，便告知張穎。張小姐把我要投拍的編號記錄下來，承諾屆時用電話通知我。

星期六下午，我到了廣州，與朋友們在白天鵝酒店西餐廳茶敍，都是往日舊識，闊別有時，能牽在一起是出於對文物有着共同的愛好，話題涉面仍離不開文玩的鑒賞和收藏。

大約在三點鐘後，我的手機鈴聲響起，接聽到張穎的聲音：「陳先生，即將輪拍到你要的那張畫，請稍等。」我答應了，很快便從話筒的雜聲中聽到拍賣官叫出了該畫的編號，同時話筒傳來張小姐的提醒：「起拍啦。」電話中聽到由八百元起拍，場內有人接下，亦有人競投，從八百、九百、一千叫喊着，張小姐在電話內重複着現場的叫價，價格很快上升到一千五百元，現場在這個價上停了下來，未再有接投，變得寂靜。數秒鐘後，聽到拍賣官詢問還有沒有人願意出更高的價，場內無聲，又過數秒，拍賣官再詢，我就問張小姐：「現在到了哪個價錢（這是明知故問）？」張小姐聽到我問，立即示意拍賣官稍等，然

後對我講：「現時一千五百。」我又問：「現場是哪一類人競投？」張小姐答：「是行家。」我說：「去吧。」張小姐舉牌，一千七百，場內無人接價，錘聲響，拍賣官宣佈拍品拍出。張小姐恭喜我已是拍品的物主，我禮貌説多謝。

這是一個微妙而理性的投拍過程，一件貨品若要在拍賣場上以合理或低下的價錢獲得，除對貨品認識外更要了解市場上的經濟價值，香港一般的小拍賣行在舉行拍賣活動時，來參加的人數不會很多，通常只有三、四十人左右，有時甚至更少，來的人來多了逐漸互相認識，有舊人離開，有新人加入，走馬燈般替換。參加拍賣活動的人大致分三類，第一類是經營古玩行業買賣的行家，他們開設店舖銷售文玩，貨物賣出後，需要貨源補充，拍賣行成了他們入貨的渠道之一，他們經常出入各類型拍賣行尋找貨源，特別是到中小型拍賣行，搜羅低價高值貨品，憑眼光執漏，行內稱為食眼光飯；第二類是文物收藏愛好者，這類人一般都在古玩市場上轉了好一陣子，從焦土堆中爬出來，肚內的苦只在心中訴，憑韌力去摸索，慢慢積累經驗，跨越被淘汰的篩選，漸對門道有了認識，通過拍賣渠道將過往「交學費」買入的下等貨物及仿製品出手，等待機會尋購上好的藝術品收藏；第三類是新入行人士，這類人在拍賣場上變換頻繁，新面孔不斷替代離去的舊面孔，能夠存在下來便成為第二類的收藏者，由於他們只是業餘愛

好，所投入的精神和時間受自身職業限制又未能找到老行專從旁提點，很容易在多次誤購造成損失後黯然離場。

行家買貨意在賺價，不會按市價購買，貨價須低於市值，要為下手留有賺錢的空間，行家除賣貨給客人外，很多時候亦會將貨轉讓給同行，一件物件若非遠低於市價，行家是很少出手的，但孤品、絕品及熱門物品除外。通常他們會為所選定的貨品在開拍前暗訂一個上限價，若超過上限便不再追；普通的收藏愛好者對物品分類認識面不夠寬闊，收藏偏窄或單一，況且古玩類別繁多，瓷、銅、竹、木、布、紙、石有誰能窺透，他們會選擇偏好又有所了解的物品投拍，少有濫投；新入行者通常帶有患得患失心態進行投拍，只要價錢不高便想試投，有一種博一博的衝動，但又因對物品沒有深入的認識而總在搖擺不定間錯過投拍，在無法斷定真假下，唯有向外觀看似古舊的器物又或向署有名家稱謂的作品伸手。

憑取巧我鑽了空子，撿了個便宜，在座的朋友像看場外賽馬，聽我落注，得知賽果了都為我高興。自來古玩業都是吃眼光飯，說來一點不差，其實購物是一種享受，着重在過程的氛圍，以較低價錢買入高價值的貨品可使心內積聚一份滿足感，亦是一種自我肯定的價值觀，內中包含知識和經驗。

十天後，我到拍賣行取畫，適逢新一期的拍品正在預展。譚教授剛好也在，他向我推薦幾幀小名家的精品。葉

小姐把我投得的畫拿出給我重新過目，譚教授說這畫買得好、是真跡。這時我察覺到有位年青人一直在留心聽我們說話，當聽到畫是真跡時想插口，但欲言又止。我與這位人客未曾謀面，不便問，付過貨價後便離去。

正在走廊等候電梯，那年輕人追出來，有禮貌地向我打招呼並遞上他的名片，說道：「唔好意思，請原諒我唐突，我想阻你少少時間，請你飲杯茶，向你請教。」年青人個子不高，身體健碩，黑實的臉腔流露着誠懇的企盼，聲調恭敬而略帶拘謹，名片上印姓李，地址在廣州，經銷建築材料。剛好有空，我答應要求，一起到隔鄰的茶室小坐。

原來小李生肖屬馬，自少對有關馬的事物都感興趣，玩具、模型、印刷品收藏了不少，近兩年生意好，收入多了，有朋友建議把空餘的精神和時間投放到收藏書畫領域去。但由於不了解門道，只能跟朋友在廣州的拍賣行轉轉，在朋友眼光幫忙下買了一幅馬晉畫的馬，今天因有業務來港辦理，完事後路經此處，見有海報宣傳，便入內觀展，剛巧聽到有人在談論馬晉的畫，為求受教，不顧冒失。說着便從行李袋中取出一卷已裝裱的畫軸，遞交給我，請斷真假。

徐徐將畫軸打開，內裏畫幅細小，似是一幅小冊頁，陳舊中略帶微殘，審視畫中色澤、墨彩，應是清代作品，由一馬一樹成圖，內繪馬匹不忿被繩索拴於樹幹，提腿昂

當日買入又賣出的馬晉繪的馬

首傲嘯，像要掙脫牽困。署款馬晉，無印。

我將畫小心捲起，回交給小李，同時講出我的觀感：繪得好，繪得傳神，但不是馬晉的繪畫風格，畫中署名是後加的，從墨色看是用墨汁新近加上，而且加的位置不妥，破壞了畫面佈局。

小李聽罷搖頭，嘆了口氣説道：「想話搞點收藏，睇落還是不容易。」從小李的表情可以想到，這畫購入的價錢不菲。

我拍拍小李的手以示安慰，叫他不用灰心，解釋馬晉畫的馬不難分辨：馬晉是畫壇多面手，山水、人物、花鳥、走獸皆有很高的造詣，以臨摹配合寫生積累的經驗把馬的

體形準確呈現在畫面上；吸收西洋技法中光學的表現，混和中國傳統陰陽背向技法從而增加馬的質感；用以襯托構圖的插景的空間跨度很大，視野深遠而廣闊；行筆更是密而不亂、細而不碎、意筆工寫，把馬的鬃毛深淺層次掌握得精緻又細微。

我把我買的畫展開，作為教材，耐心向小李解說，小李細心聆聽，不斷有問，很快過了兩小時，我因還有別的去處，於是道別。小李意猶未盡，拿着我的畫不放，好像沒聽到我說要走，我唯有再說一遍，約莫過了半分鐘，小李才抬起頭望着我，嘴唇動了動，卻無聲，稍停，才見小李像是鼓了勇氣的講：「這畫可唔可以轉讓畀我，我願意

筆者藏的馬晉繪的馬

出較高價錢。」

我笑了：「好！拿去吧。」

從觀展到投拍購買，整個過程我樂在其中，鑒賞、學習和享受已混為一體，眼前沾上經濟效益，開心之餘還帶點滿足感。其實藝術品流存世間不會長久屬於某個人，人的生命是有限的，藝術品的生命是長久的，就算我擁有它，也只是一種寄存，就好像租借回家擺設一樣，命長些算是租金便宜，命短吧，那租金相對貴，人去物還在。至於怎樣才算得上真正擁有，這要看面對藝術品時所持有的內心態度。

離開茶室後，我乘車到灣仔會展中心觀賞佳士得拍賣行春季拍賣預展，展品分珠寶、油畫、國畫、瓷器等類別，步入展場即被琳瑯滿目的藝術品牢牢吸引，恨不得多生兩隻眼睛來觀看。看看時間，還有兩個多小時展場才關閉，決定先看國畫後看瓷器，於是轉入國畫廳悉心欣賞。很快，我看到一幅由馬晉繪畫的馬掛在一個當眼的位置，立即趨前駐足觀看，此畫尺寸約五十五厘米乘三十五厘米，畫中馬體形雄渾，筆法蒼拙彌堅，工筆繪寫，是真跡，構寫年份在一九六三年，獨馬無景，用減筆法寫成的應酬畫，不算精品。再看標示的估價，港幣四至六萬元。呵，這可是一個好價錢啊。

離開會展中心返家，一路上輕鬆愉快，我的馬買得好、賣得好。

第七章
鶴頂鼻煙壺

　　林曼叔，廣東陸豐人，來港已過四十年，曾任香港文學研究出版社總編輯，人風趣，閒談間常語帶詼諧，相識於零六年初隨香港作家海南訪問團到海南大學作學術交流的旅途上，回港後，時有相聚往來，最近他送了一冊有關鼻煙壺的書給我。

　　書中記述清代至民國的鼻煙壺，內刊多幅相關圖片，只是未能作出全面解說，以圖片介紹鼻煙壺所使用的質料也較為簡單。

　　按書本上記載，鼻煙是在明朝萬曆年間由外國傳教士帶入中國，是一種油份及香味較好的煙葉拌和香料磨成粉末，供鼻孔吸入用以提神的煙草料。

　　由於吸食這種進口洋煙費用昂貴，及後，國人自製鼻

煙，更有將中藥融和煙葉，做出各類藥用鼻煙。

　　製造鼻煙的主要過程在陳腐，而製造藥用鼻煙是把人
參、當歸、田七、紅花、麝香等各類藥材與煙葉一起碾碎，
再行密封陳化多年始啟用，不同的藥材製成不同的療效，
治熱醫寒、行氣活血，各具其適。

　　鼻煙需要用器物盛載，明末初起以傳統藥罐或隨同進
口的煙盒裝置，載重約四両至斤餘，體積頗大，不方便隨
身攜帶，於是，便出現細小的鼻煙壺，並沿着這方向革
新，在清早期康熙時，已將盛器發展成各式各樣的精巧款
式，使裝飾和實用相連，這種具有觀賞性的小型鼻煙壺便
於攜帶，很快就由宮廷傳出，迅即在民間廣為流行。

　　製造鼻煙壺的材料種類繁多，幾乎能用都有，有竹
木、象牙、犀角、嵌螺、匏器、漆器、水晶、瑪瑙、珊瑚、
琥珀、玻璃、玉石，更有瓷、銅、金、銀、錫，取材廣泛。
造型更是包羅萬有，有圓柱形、四方形、圓球形、扁壺形、
多棱形、垂膽形、蒜頭形，更有天工造化般的像生形。其
中又以玻璃製型最為豐富，色彩變化無窮，製作年代最長
久，流存最多。

　　值得一提的是玻璃內畫鼻煙壺，它把鼻煙壺藝術提升
至空前，是清末光緒年間的藝術珍品，藝人用前尖部炙彎
成勾的竹籤，由瓶口伸入，在透明玻璃的壺內腔壁反向逆
寫，繪出山水、人物、花鳥、書法等各類書畫，有傳統的
工筆和寫意藝術，亦有西洋油畫技法，方寸成大器，這種

高難度藝術被譽為鬼斧神工。

　　我少年時誤將鼻煙視作毒品，這是認知問題，以為這種舶來品等同鴉片，損害國人精神和健康，因而不願花點時間去了解鼻煙壺的藝術，直至在一個偶然機會下得到一個精美的鼻煙壺，這才引起我對鼻煙壺藝術的探索。

　　事緣前年初，我到美國遊，途經洛杉磯，與當地朋友相聚時，作為地主的強哥告訴我本週末有小型古玩拍賣在鄰埠舉行，邀我屆時參加，並拿出拍賣行印製的圖錄給大家看，坐我身旁的奇里夫眼利，從圖錄中看到兩幅標示象牙雕製的鼻煙壺圖片材質並非象牙，而是俗稱的「鶴頂紅」，價值超越象牙。

　　奇里夫不愧為鑒藏家，亦只有這種高手才有這種敏銳的觸覺。

　　我對鶴頂紅所知不多，但依然有所聽聞，看到圖片內的鼻煙壺造型生動活潑，色彩艷麗誘人，價格不貴，便想買下來再作研究，但因我週末要乘機往紐約，不能去現場參與競投，我把想法告知奇里夫，請他代購。

　　剛抵紐約，才下飛機，即接到奇里夫電話，告知我標的已投得，只用底價買入。我心裏的高興從笑聲中表達，忙不迭向奇里夫致謝。

　　一星期後，回程返港，仍在洛杉磯轉機，藉此作暫短停留，奇里夫到機場接我，見面後，把從拍賣行投得的鼻煙壺交給我。鼻煙壺是用精緻小方盒盛載，盒子以紫檀木

鼻煙壺盒

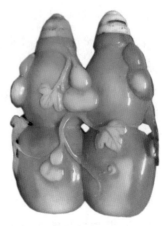

鶴頂紅連體雙葫蘆形鼻煙壺,高五點九厘米,利用原有的紅斑鏤出紅色小葫蘆和葉作邊飾,壺身共雕出八個精巧小葫蘆。

料製作,蓋面巧鑲黃楊木線,華麗高貴。打開盒子看到驚喜,曾經熟悉的感覺浮現在眼前,孩童時的玩物從腦海記憶中勾出,我雖然未見過用鶴頂紅製作的鼻煙壺,對這種材質卻是熟悉,少時玩具中就有一副為數不全、以鶴頂骨雕製的象棋棋子,很是喜愛,常拿着與鄰家孩童在門前石板凳面上玩耍,後來人長大了棋子亦失散了。

　　把盒中鼻煙壺拿出,輕輕托在掌上細心觀賞,連體雙葫蘆的造型秀麗美雅,以浮雕工藝在壺身雕刻出八個巧色小葫蘆,色彩溫潤而嬌黃、間帶牙白,巧取頂骨的艷紅作邊飾,雕工精美而生動,醒目有趣,壺高五點九厘米,打開壺蓋,見到壺內還留有微量鼻煙。

　　鶴頂紅是丹頂鶴(有別於我國東北生長的丹頂鶴鳥

類）的頭冑骨，學名盔犀鳥，產於南亞島國，於元代作為貢品進入中國，（元史）世祖本紀內記載：「癸未（二十八年冬十月），羅斛國王遣使上表，以金書字，乃貢黃金、象牙、丹頂鶴、五色鸚鵡、翠毛、犀角、篤耨、龍腦等物。」內中所述丹頂鶴就是盔犀鳥，後經通商進口，在元代後期泛稱「鶴頂」。

奇里夫對我講鶴頂珍貴，近代已不見這種材料，原因是盔犀鳥瀕臨絕種，南亞各地不復見其蹤跡。我回應奇里夫：據我聽聞鶴頂頭冑骨很細小，能用作雕刻的料子不多，舊書籍記載能用料只有寸餘。奇里夫邊聽我講邊搖頭微笑，待我講完後細想了一會才說：鶴頂這類鳥算是大鳥，有一米六、七十公分高，外形如鶴，頭骨上能用的料

完整的盔犀鳥頭冑骨，泛稱鶴頂，前冑刻有精細圖案，長度超越八寸，高約五寸。

不止一、二寸，早年曾見一個雕刻纏枝梅花的酒杯，高度四寸餘，長度接近八寸，柄把雕作梅花樹幹，眼洞巧飾成耳孔，憑藉頭骨表面的紅斑刻出鮮活的花朵，鶴嘴隨形作流，器型渾樸古拙，琢工纖秀靈巧，將觀賞性和實用性結為一體，屬於明代工藝，舊書撰寫人可能沒見過完整的鶴頂頭骨，只按一般小雕飾物件去臆斷，因此出現訛誤。

行內傳聞奇里夫眼光獨具，見識廣博，對文玩雜件鑒賞力特強，從這次美國之行的交往中，我深有感受，由衷地讚譽。奇里夫謙虛講述自少在古董行業中長大，大半輩子與文物為伍，興趣在孩童時已萌生，年歲越大興趣越濃，如今可謂略懂皮毛了，佔先機處在於入行早，曾上手細察的珍品較多而矣。

因我所乘航班要在深夜十二時才起飛，空着多個小時，奇里夫要做東，請我吃當地唐餐，開車把我載到唐人街，我們選擇了一間中式餐館晚膳，邊吃邊談，話題很快又轉回到我手中的鼻煙壺。我問奇里夫，雖然今天不見有這樣的原材料在行內買賣，但明、清飾件亦小有浮現，民國製品更是空白，致使很多後入行人士不知有此物，我想不能單以「瀕絕」作為理解。奇里夫很留心傾聽我的詢問，不馬上回答我，放下筷子，拿起水杯輕輕喝了一口，慢慢說道：「一般人了解事物只是希望知道答案，你這樣窮究會使別人為難，不過話又說回來，這樣能產生互動，加深對事物的探索，在原有的知識基礎上擴闊思路。」從他臉

上笑容看得出他對問題的興趣，很快，他便接着説：「頭
骨材質堅密美觀，一般用來製作飾物賞玩，通常以帶扣、
朝珠、鼻煙壺為多，亦有雕成小掛飾，更多是將整個鶴頂
頭骨雕刻成擺件作陳設，明、清兩代各朝進口鶴頂數量
不算很多，累積卻是不少，但由於國人有用物品陪葬的習
俗，部份頭骨飾物從此不見天日；另外，不知是人為過分
獵殺還是出現天敵，鶴頂進口急劇減少，到清末民初已鮮
有舶來，雕材不繼；還有更主要原因是歐、美上流貴族喜
愛，導至大部份鶴頂雕飾品流出海外。」

我們談了很多，食卻很少，菜餚點多了，吃不下，最
後還是勞動奇里夫打包取回。

濃厚的興趣和投入使我差點錯過了登機，當奇里夫送
我回到機場時，離截止辦理手續尚不到五分鐘，入閘後，
我用手機致電奇里夫，再次向他道謝，電話裏，奇里夫提
醒我，回港後，拿象牙跟鶴頂相互對照，就明白鶴頂的經
濟價值為何要比象牙高。

其實，當我第一眼看到這個鼻煙壺，就知道兩者材質
的分別，象牙色澤淡黃明亮，牙料實心，有紋。鶴頂色澤
紅處晶瑩如火，黃處嬌柔潤澤，實心無紋；象牙日久風化，
牙身隨紋而裂，隙縫積聚塵垢變黑，有礙觀賞。鶴頂不會
因為年代遠了而褪色，就算塵封多年，只要輕加抹擦，紅
色處依然鮮麗，黃色處依然瑩潤。這個分別與經濟價值成
正比，更何況，大象現存活於不少地方，盔犀鳥卻是瀕臨

絕跡。

回到香港，因雜務多，又頻到大陸公幹，一晃便半年過去了，早把這個麗雅的鼻煙壺忘記了，小盒子就一直沒有打開。直至奇里夫打電話來，告知我，為我找到一張完整的鶴頂頭胃骨圖片，問我要郵址，以便我能盡快看到。奇里夫真是有心人，使我將記憶重讀。收到圖片後，重新打開小盒子，拿出鼻煙壺，與圖片互作參照，對鶴頂又多了一層認識。

圖片中的頭胃骨色彩由紅、黃兩種顏色組成，前部尖長形的鶴嘴骨與後部眼眶骨呈黃色，中部表層呈紅色，內部仍是黃色，前面刻有精細圖案，以人物花卉、亭台樓閣組構，雕工精湛，形態利落靈動，美觀雅致，總長度超過八寸，高亦幾近五寸，本體天成賞物，再加以雕飾，便成為更具有玩賞性的陳設擺件。

透過購買鶴頂鼻煙壺，我對鼻煙壺發展過程有了認識，改變原有對鼻煙壺的態度，亦明白奇里夫的鑒定能力來自他對文物的尊重和認真。

學習的竅門重要，學習的態度更重要。

上星期六，曼叔有事找我商議，叫我到上環喜悅酒樓飲茶，我因有事過深圳，沒去，改在今天見面，順帶把鶴頂鼻煙壺拿去給他欣賞，當曼叔第一眼看到，便說：「好靚，係蜜蠟。」邊說邊伸手往盒子內取鼻煙壺，拿到手上看時，又說：「不像。」細心看了好一會，搖搖頭，「唔

係蜜蠟」，望向我，問：「係乜嘢？」告知是鶴頂，並作了簡單的解釋。曼叔雖未見過鶴頂飾物，但見色澤可人，雕工精巧，還是連聲讚歎。

飯後另有約會，地點在上海街，途經廟街時，見路邊小販檔有鼻煙壺售賣，宣稱壺中內畫，港幣二十元一個，一百元有六個，玻璃質料。我拿起一個來看，圖案是「清明上河圖」局部，屬於作坊流水式的批量生產，技法低劣，再拿起另一個繪「和合二仙」的來看，不外依樣畫圖，缺乏人物神韻，了無生氣。檔主以為有生意，忙上前介紹，指產品都是人手繪畫的高級工藝品，並拿出工具作比畫。我無購買意欲，忙禮貌告辭，他亦客氣表示生意在乎遊客。

今日所見，鼻煙壺工藝不復往昔，失去實用性同時亦失去發展空間，留下各類珍美的鼻煙壺，只能作為文物，給世人收藏、玩賞，以及編寫藝術史的教材。

註：元史世祖紀本有關鶴頂紅作為貢品之說，是據奇里夫提供資料而登出，讀者可自行考證。

第八章
敍舊

　　與梁子彬相約去集成齋探訪陳宗淇，順便向這位老朋友買方章石作備用。集成齋經營書畫用品兼售古今文玩，祖業傳繼，倉存貨品種類繁雜，別的地方找不到的紙箋顏料在這裏或可找得着。

　　陳宗淇從少跟隨父輩學習營運，數十年來在行業內打滾，門道所知甚深，尤其對文房用具更為獨到，相交的都是書畫藝術業界中人，由於為人誠實，品行忠厚，朋友們都樂於往來。

　　得知我們要來，陳宗淇早早在等着。梁子彬移居美國洛城後已有超過十年未見了，好朋友總有點牽掛；見面時，心內的愉悅都由臉上的笑容展露出來，互相講述各自近年的際遇亦詢問久未見面的友人境況，從談新說舊轉入

到業內評古論今，一個下午就似轉眼間般過去了。其間，我坐累了，站起身來稍作走動，舒展一下筋骨，卻在無意中看見外間牆上掛着一幅剛裱起的書法，是駱曉山的隸書，用淡硃膘顏料作色，以仿漢碑帖技法寫成。驚問陳宗淇：駱老何時回香港？

「老駱倆公婆上月返國內講學，經香港時將字幅留低囑裱，臨行前重同埋一齊午飯。」陳宗淇説：「眼下可能回港喇。」

「能否通知他，相約見個面？」梁子彬忙着問。

陳宗淇答應梁子彬：「若然老駱有電話來，即便轉告他。」他知道二人份屬同門師兄弟，駱曉山字學羅叔重，畫從梁伯譽，而梁子彬是梁伯譽大師晚年的入室弟子，淵源深厚，二人一個移居加拿大多倫多省，一個移居美洲洛城，打從離開香港後，便多年沒有再見面了。

臨走，向陳宗淇買了一塊「藍帶青田」，石質溫潤、細膩，半透明，高六厘米，寬四厘米，上有獅鈕，舊工。阿淇知我「識貨」，不作介紹。

第二天早上，我正在公司忙着處理手頭上比較趕緊的事務時，梁子彬來電，告知駱曉山已回香港並請我們到中環陸羽茶室相見。我請梁先生先去，答應完了手上工作便趕來。

陸羽茶室開張已有數十年，出名茶好，裝修擺設古拙清雅，城中不少名人喜到這裏品茶，駱曉山未移居加國前

是這裏常客，常設席與文人墨客闊論高談，也參加不定期的由書畫家們舉辦的「雅集」，興至時，即席揮毫，總有神來處，令觀看者難以遺忘。

當我到達陸羽茶室登上樓上時，見到居坐大廳中的駱老向我招手，與駱老同枱的有駱太梁妡、黃醫生夫婦、陳宗淇及梁子彬，還有一位李先生，他是駱老弟子。

我邊向各人問候邊坐入早已為我預留的座椅，駱太給我沖上駱老愛飲的普洱濃茶，我看見面前擺放了不少點心，明白是因我遲到而留下，心內接收到情誼的轉達，朋友真如陳酒越老越醇。把心靜下，細聽各人接續剛才的話題，知道在講近期的書畫拍賣行情，雖是市道轉淡，但一線名家的畫價依然節節上升，特別是張大千的畫，高踞不下，藝術欣賞或經濟等值都成為收藏家追求的目標。

「依家啲畫真假難分，唔少人製造假畫，冒名張大千，串通中、小型拍賣行，進行拍假，就算你能買到，都係得『谷氣』兩個字。」陳宗淇如是説。

「話不可以這樣講，若把假畫算上，就失去藝術的意義。」駱太講。

「真即是真，假即是假，真假亂不了。」李先生是老實人，憑經驗直説。

「張大千早年經常造假畫，經常賣假畫，就算盛名嗰陣時都經常喺假畫上提款落名偽變出賣。」駱老哈哈笑着説：「就算今日國際上嘅一級拍賣行，都有唔少咁樣嘅畫

上拍叫賣。」

「哦，有這樣事？」我算是孤陋寡聞了。

「大約在上世紀五十年代初，大千旅居香港，寄住簡琴齋，由於名氣大，應酬往還多，求畫者眾，致使大千接應不暇，抽不出時間專心寫畫，遂請老師代筆創寫傳統山水畫。」梁子彬口中的老師是指梁伯譽，擅寫山水、花鳥畫，在六十年代創出自我面目，終成一代名師。

「老師和大千都擅寫傳統山水，且功力相若，大千喜愛老師畫，二人又是好朋友，因而請為代筆。」梁子彬輕輕拿起茶杯飲上一口，稍停，續說：「老師當年居住深水埗，每天吃罷午飯，乘巴士往尖沙咀碼頭轉搭過海渡輪到地處跑馬地的簡琴齋為大千寫畫，而大千給予的報酬亦算可觀。」

「大千畫藝全面，山水、人物、花鳥、走獸樣樣皆能，能工筆，能意寫，書法更是自成一家。由於花鳥面目各自不同，所以老師只代寫山水，且盡量貼近大千的技法。」梁子彬望着我好奇的眼神，笑着續說：「大千有空時常與老師談論書畫技法，交換創作心得，這樣斷斷續續一直維持到離開香港轉居台灣。」

「可惜，自此二人沒有再見面，只以書信往來保持聯繫。」梁子彬有所感嘆而說：「一九八七年老師辭世，師母不願勞煩親朋，只與眾弟子低調治喪。翌年仍收到大千從台灣寄來的問候信。」

「那麼，代筆的事外界知道嗎？」我問。

「這事二人甚少向別人提及，知的人不多，所以國內和台灣未見流傳。」梁子彬回答我：「可貴在大千心胸坦蕩對代筆的事不作諱避，為此，香港行內知情者還是不少。」

「若把二人的畫擺在一起，還是可以分辨得出哪張是大千寫、哪張是梁伯譽寫的。」二人畫風自有不同，我有點出奇：「以近代山水畫而論，二人技法已屬登峰造極，不過他們風格迴異，各有自己的面目，明顯呈現出不同之處。」

「阿東，你有所不知喇，五十年代張大千已係畫壇明星巨匠，書、畫都創出自我風格，」駱老知我不明白箇中關連，向我解說：「老師嗰時尚以宋、元技法寫山水，未有自我面目，直至到咗六十年代，才創作出屬於自己嘅繪畫風格。」

「雖是老師寫的畫，但一經大千提字、落名、蓋印並親自送出，誰說有不對。這樣既能省卻俗務應酬需要花的功夫，又能騰出時間為創作而專心。」梁子彬這樣說來亦算道理，因為一幅精美作品的完成是要使出不少心力，從構圖到山水樹木的繪寫，除了技藝還需耗費時間，愛畫人自能感應。

「話又說回來，二人的筆法並不相近，就是五十年代初在簡琴齋的時候，亦只在仿古筆意上擬似。我藏有一本

以英文編寫的藝術雜誌，裏面刊登了張大千五十年代兩幅仿宋人山水，兩幅畫的構圖一樣，筆法有別，對梁伯譽技法有所了解的行家能輕易看出因由。」梁子彬的語調有聲有色如立體畫面，聽者心神專注。

「可以將雜誌給我看嗎？」梁子彬講的掌故吸引着我，急不及待詢請：「等我好去解讀兩者的不同。」

「當然可以，回美後即寄給你。」梁子彬答。

「早年佢假人畫，後年人假佢畫，都算絕妙事，成為趣談。」駱老笑着插口：「佢同老師稱得上畫壇奇葩，只係老師唔夠運氣。」

「講到仿畫，歷代都普遍，就喺裏邊掛着嘅畫都係師母仿㗎。」李先生指着我身後貴賓房內的畫說。

他說的師母是梁竡。梁竡少時跟隨畫壇名宿張韶石、周公理習畫，承二位老師悉心教導，早得真傳，後受丈夫駱曉山薰陶，勤習書法、篆刻，更遠追摹仿清代大名家蘇仁山的人物繪畫筆法，能集眾人所長，發揮在自己的畫藝上。

我轉過頭來看，見牆上掛着長約六尺的人物橫幅，畫內人物線條勾畫得靈巧流暢，墨彩渲染出鮮活瑩潤，飽藏蘇仁山技法神韻，不失為一幅佳作了。見畫內有款，站起身來走進房中細看。

畫是梁竡繪，名曰「品茶圖」。

款是王亭之提，簡煉言詞寫出茶趣，融和圖中人物動

止，尺幅盈盈。

「字寫得好，畫亦寫得好。」我坐回原位，講出讚句：「兩人配搭自成妙品，使人看得舒服。」

「呢度重有其他畫係師母畫㗎。」李先生指着別的房間內的畫向我導説：「當年陸羽茶室被盜，一夜間名畫盡失。為咗填補雅壁上嘅空缺，陸羽茶室主事人懇請師母動筆，致使名室重新添上色彩。」

「失竊事發生喺八十年代，我早就聽聞。」陳宗琪説：「當時係大新聞，報紙上頭條，盜賊斯文，唔拿夾萬錢箱，獨捲名家字畫，內中包括嶺南大家高劍父等人嘅畫。」

聽下去方知道是陸羽茶室原有用作裝飾陳設的字畫被偷去，被偷去的還包括張韶石、周公理等人的作品，因此，請梁姞補畫是最合適人選。

順着李先生指向，看到別的房間掛有梁姞的畫，還有駱曉山的字。人説駱曉山的篆隸書法當今稱雄，這話説來一點不假，國內外不少地區的博物館都藏有駱老的書法，日本一些民間書法協會更是推崇備致。而眼前的字實在寫得好。

同時，我腦海中浮現出一幕往事，如活動畫像般清晰映入眼簾：那是在一九九二年夏季一個炎熱晚上，我們這班平時來往頻密的朋友應駱老之邀，到灣仔區駱老家居就近食肆晚飯，好友相聚總是天南地北無所不談。當晚，如常評時事、論世情，在座都是性情中人，杯中酒豪飲，氣

氛濃烈，醉意襲人。飯後，興猶未盡，一起到駱老家中工作室繼續飲茶喝酒，看駱老研墨寫字。是夜，駱老精神煥發，行筆暢順，字體越寫越活。我見及此，遂誠心懇請駱老為我書寫字幅，我要的是「謙虛謹慎，戒驕戒躁」八個字。雖是做人處世常言，寫來也簡單，駱老奇問何以這樣認真。我回答：「這是我老爸對我有所要求，在我六歲生日那天，早上醒來，便見床頭貼着這字句，由於太靠近枕邊，感覺不舒服，隨手撕丟；第二朝醒時又見字句貼在同一位置，仍撕去；第三天醒來同樣見到字句貼在原處，再撕下。我心內頑皮，有意和父親作對，他貼，我撕，父親沒有責備我，續貼。如是者，過了半個月，我亦習慣了，不再把字句拿下，父親才語重心長對我講，字意雖淺，誠守不易，着我牢牢緊記。我要這書法一則朝乾夕惕以此為銘，再則用作懷念父親的苦心誘導和關愛。」駱老聞言即

駱曉山九二年夏隸書：謙虛謹慎

度尺裁紙分作兩幅寫成，一幅楷書「戒驕戒躁」，一幅隸書「謙虛謹慎」。看着駱老利落運筆，心內感激。

「好書法！」我脫口而出。

「老師書法當然好，六十年代已榮登國寶級之列！」李先生當仁不讓，興奮的話聲從腔內綻出。

「駱老不單是書法好，篆刻亦出眾。」黃醫生補說：「你看那落款後的鈐印，線條刀法優美，構圖意象如畫，在硃砂印泥襯色下，字體增加了精神。」

「書法、篆刻是老駱的活寶。但講到硃砂印泥就得向阿淇請教。」梁子彬面向陳宗淇問：「我少年時候習畫，使用西泠印社出品的硃砂印泥，數十年來沿用，覺得合意好使，直到手上存有的印泥用盡，再買，新的印泥黏印，不好用。」

「以前書畫用印，普遍喜用西泠印社生產嘅硃砂印泥作印色，因佢嘅色澤鮮明、穩定，微粒幼小，較少渾散，價錢又大眾化，其他生產商難與競爭。」陳宗淇回道：「不過，到八十年代中，印泥製作工藝嘅秘方遺傳畀生產工人李耘萍，使李女士成為上海吳氏潛泉印泥嘅第三代傳人，又係呢個工藝秘技嘅唯一傳人。之後，李女士同西泠印社領導層之間出現咗難以解決嘅問題，就挾技離開，自行開設石泉印泥廠，生產各色印泥。」

「這樣講來，是石泉取代了西泠，造就了耘萍。」梁子彬續問：「那日後買石泉印泥使用，效果是否和以前的

西泠一樣？」

「材料可能有某啲改變，但工藝製造還用老傳統，今日嘅石泉同當年嘅西泠基本一樣。」陳宗淇如此答。

「其實是懶，書畫完成後隨意用印鈐上，印泥的好壞便表露，若按照傳統技法，先將藏經紙濕水，放在作品要蓋章的位置之下，透過水濕的紙把印色扯印在作品上，那就不須分別該用西泠還是石泉。」我語帶調侃望向梁子彬微微笑着插口。

梁子彬心內清楚，有關書畫用印，他和駱曉山多年前就曾經分別為我作過詳細解說，知我用意，臉上輕露笑容，不作回應。

「藏經紙係用乜嘢材料造成嘅紙？主要用途係乜嘢？」李先生不明而問。

「藏經紙又叫玉扣紙，都係女人大姨媽紙，用途在於吸水。」駱曉山向他的學生解釋：「只係文人用語，斯文表達。」

「用印除咗泥質好，重須章石好，好嘅石料地子幼滑、結構緊密、少裂痕，還要柔韌不燥，軟硬適中，用起上嚟先至不黏不結。」陳宗淇用知識回應我提出的用印方法：「若能配上氣韻古樸、精巧生動嘅雕工，先至可以鈐出一個好印。」

用石材刻鑿成印章早從元代開始，文人以篆書漢字刻石成憑信，將信用功能與藝術美結合，用作花押；亦有刻

作閒章，用作烙記、用作鑒賞、用作吉語；並伸延到文房用具之列，和書畫並用。一幅傳統字畫內含詩、書、畫、印等綜合藝術，一方好印，能添字畫醒目。

「既然講到印章，呢度有兩粒，係琴晚漏夜趕刻，嗱，一粒子彬，一粒阿東。」駱老說着從上衣內袋掏出兩個小盒，分別遞給梁子彬和我。

原來昨天晚上駱老夫婦完成國內教學課程後回到香港，得陳宗淇通知，梁子彬也在港，並邀約相聚，聞訊後高興，屈指算來已有十多年沒見，舊情常在心裏，能有機會再見實在是緣份，當下立即應約，更在睡前把印章趕刻以便第二天相見時可親手送出。

呵！朋友相交如此，真有意思。伸手接過這方印章，看到方形印面刻着我的名字，刀工線條利落，章法疏密有致，朱文；另用行書刻着邊款：曉山為紹健兄治印戊子秋月於香江。運刀如行筆，字體雄奇勁拔，確是一方好印。

這印章似有熱力散發，透過我掌心慢慢浸入肌膚，隨血液流遍全身，我感受到溫暖。老一輩人重情念舊，

紹健印邊款：曉山為紹健
兄治名印 戊子秋於香江

尚禮有道，令人起敬，與時下只講求功利現實的青年一代有着很大的反差。

看着印章有點出神，沒再參與眾人的話題討論。未幾，駱太見我不作聲，便轉過話題，與我閒話家常，詢問我近年生活和身體狀況，又將在加國的朋友近況及當地的趣聞怪事講給我知⋯⋯

好朋友相處總是愉快和溫馨，每每留下難忘的回憶。今日如是，這美妙的時光雖然暫短，但開心處已存心底，每當想起，別是一種享受，只不知何日能再相聚，更是珍惜。

第九章
三個瓷塑像

　　星期天，早飯後，閒着無事，乘車往尖沙咀藝術博物館，觀賞三樓陶瓷廳內的陳列，內裏擺放着遠古至近代的陶瓷工藝品。我約隔半年來一次，品味各朝各代的藝術創意。

　　進去走了一圈，溫故知新檢測腦內常識，雖是輕鬆隨意瀏覽，然一圈下來仍用了兩個多小時，期間更被眾多良工巧鑄、趣味盎然的人物雕像吸引，很想把它們放在手中撫揉，以舒緩心內的迷戀，離開前還為個別塑像拍了照。

　　回落樓下，見大業書店當眼點放着各類古玩綜合圖書，隨手拾起翻閱，內有篇章提及德化雕瓷，售價港幣近千元，於是記下書名，轉往中央圖書館借閱。

　　興沖沖走進中央圖書館內尋找，但專書歸類檔欄處沒

有，問職員方知這書早兩天才被借出，聽後有點失落。

拖着無奈的身影踏出館門，一時不知何處去，漫無目的企立在館外。路邊巴士站乘客上落頻繁，迷惘間順着下車人流前行，不知不覺走到天后廟道，抬眼望見天后古廟，聯想起坊間傳聞「天后靈驗、有求必應」，遂進廟去。

廟內氣氛肅穆、清靜莊嚴，正殿供奉着天后娘娘，滿堂爐煙燭映、瑞氣縈繞。我整理衣襟、收斂心情，上前燒香頂禮、誠心謁拜。拜畢起身之時彷彿有人在我腦門輕掃三下，驚回首四顧，周遭不見一人，這感覺疑真疑幻，或許，是神明顯靈接收了我的禱告吧。心存疑惑，添上香油便離開。

出得門外，心情轉朗，看看時間尚早，便去上環古董街逛逛。

午後太陽烈，氣溫炎熱，未逛完半條街汗水已沾濕衣衫，省起老何在就近，借他店內歇歇腳。

老何自少愛文玩，未經營古董業前做室內裝修，得工作之便，經常接觸舊傢俬、舊雜物，於是做起買賣，漸漸存貨量積聚日多，續設店經營。他曾邀我到廣州番禺老家參觀，一幢四層樓高房屋，內裏擺設不少具收藏價值的舊物。

走進老何的店，見老何在打盹，店內堆滿雜貨，竹木家具、絹繡紙畫、瓷雕泥塑，混放亂擺，新料舊器種類雖多，但都沒有較大的收藏價值。看着看着，看到一尊姿態

一九五六年景德鎮藝術
瓷廠製白娘子像

優美、色澤柔和的瓷塑人像。這實在是巧合，剛才我在藝
術博物館的展品中就見到了一個一模一樣的雕塑，是《白
蛇傳》傳説內主角白蛇的人形化身。有點出奇，伸手拿起
來看，瓷像跟其他雜件堆疊在一起，拿時觸發出響聲，驚
醒了老何。

　　老何張開眼見到我，忙起身讓座。把他吵醒我自感有
點冒失，連説：「抱歉。」

　　他瞄瞄我手上瓷像説：「這件貨從一個剛死了丈夫的
女人那裏買來，丈夫八十多，她才過三十，丈夫死後，不
想和夫家人再有來往，把住宅出售，變賣丈夫的收藏。」

　　「這堆雜物也算收藏嗎？虧你買回來。」我語帶調侃。

他哈哈笑説：「好的早賣了，對本對利賺了，剩下的東西能賣則賣，不能賣就由它放着，反正百貨賣百客，用不着操心。」

這瓷像五官標致，眉髮纖細工巧，頭裏深橙紅色彩巾、腰捲淺湖水藍圍幅、外紫紅色蝴蝶結腰帶、腳穿艷麗紅鞋，白衫白裙、白釉之上繪粉彩，纏枝蓮花飾襟領、牽牛花環繞圍幅一周，右手持寶劍、左手執靈芝，以右腳為重心、身體前傾、左腳向後高揚，體態英姿矯健、靈動婀娜。是景德鎮五十年代中期公私合營後批量生產的，以模具複合形式製成，即先將瓷泥按着印模塑製坯體，然後再將各個不同部位接併粘合，待等半乾半濕時用人手雕刻成型。雖説是行貨，製作卻精美。

「賣多少？」我把手中瓷像往前伸了伸。「別人五百，你三百，」他做了一個無所謂的手勢：「別説難找相同，就算找得到也千把至幾千，算我賺頭虧尾吧。」

雖説風涼話，也是實情。這瓷像不在價錢，貴有欣賞價值。

在中國高溫瓷塑史上，最受世人稱頌的是江西景德鎮粉彩人像、廣東石灣泥塑公仔和福建德化白釉人物瓷。景德鎮粉彩瓷塑是動態美：在素胎罩上白釉高溫燒成後再繪彩複燒，把面目、巾帽、衣袍、飾物按不同需要着色，細微處令人驚歎，造型輕靈飄逸、動感性強；石灣泥塑公仔是神態美：以外來灰白土摻和本地沙泥捏合成坯，粘力強，

可塑性高，能耐溫，採用一次性施釉燒成，顏色斑斕奪目、變化萬千，每件作品都有自我的鮮明個性特徵，人物表情藝術化，神態生動逼真，達到「百物百形，千人千面」的惟肖惟妙境界；德化白釉人物瓷是靜態美：當地所產的高嶺土含鐵量小，收縮率穩定適當，瓷像經過修坯、上釉、煅燒後，釉和胎的燒成密度很高，質地潔白堅硬，釉色白裏閃青、白裏透黃，潤澤如凝脂，造型華麗規整、格調高雅端莊，早在明代，西方人盛讚為「東方藝術」的結晶，得「天下共寶之」美譽。

　　高高興興提着瓷像辭別老何，哼着粵曲小調從原路而回，走着走着，聽到肚皮打起鼓來，哦！中午還沒吃飯，餓了。停下來，稍作掂量，感覺天口熱，想去吃碗粥，下面電車路有間羅富記粥舖，賣粥出了名，粥底靚，用料鮮，我往時常到那吃魚片豬膶粥。於是轉入鴨巴甸街，拾級而下。

　　落了幾級石級，眼睛被級邊的臨時攤檔吸引，地上擺放着十來個民國瓷碟瓷碗，兩隻瓷枕，外加幾個石灣山公。物是舊的，但製作不精，乏收藏意義。

　　「阿生，有乜野睇啱吖？好平㗎。」擺賣的老婆婆見我駐足觀看，開口促銷。

　　我望望老人家，見她八十開外，身材瘦小，身穿洗舊了的黑底白碎花上衫、黑斜紋西褲，漿燙妥帖，外披一件灰白羊毛背心、腳套巧工黑布鞋，聲音清朗，面目祥和，

額上眼尾的皺紋伴隨笑容流動。從她身上的氣質看得出她不是常販，不知何故出來擺賣。

「這些東西都是舊的，總會有人買。」我禮貌回答老人家：「但不合我，我想找尋較為特殊，市面上少見的。」

「仲有幾件貨，不妨睇吓啦。」老人家從身後紅白藍膠袋中取出用報紙裹着的兩個公仔。

拆開包紙，看見一對日月神像，很美，可惜殘缺了！日神的日不見了大半邊，袍子崩了一角；月神頭臉有修補，要命處，斷失一手。

我搖搖頭，不語。她又往袋中拿出幾個公仔，有濟公、有達摩、有鐵拐李，所見都完整，釉色也不錯，可惜全是拍模複製，不上檔次。

「睇吓呢個吖，再唔啱就冇啦。」她見我還在搖頭，隨將一個用百壽紋織錦包裹着的公仔遞過來。

我伸手接過，打開一看，興趣馬上就來了。公仔高約五寸半，手造原作，坐姿，一膝屈起，雙手按膝上，臉微仰天，頭前禿、後紮髻，高溫燒成虎皮紋結晶釉，是清代製造。此像面目

清代石灣泥塑虎皮紋公仔

傳神、坐姿自然、口大擘，似仰天長嘯、任聲浪縱放，笑容燦爛。

虎皮紋釉本來就不多，能燒得好的更少，難得這像的造型和衣飾極似東洋人，我還是頭一趟見到。忙問價，老人家要一千。

付了錢，攜着公仔踏上日落的斜映，趕去充飢……

回到家裏，別的事也不去幹，只把兩個瓷像放在枱上細心欣賞，反反覆覆看個透。看夠了便用清水混和少許洗潔精液泡浸，待明早可將污垢和鹹氣清洗。

晚上有點興奮，無睡意，拿起床頭畫冊胡亂翻閱。此際電話鳴響，「時已夜深是誰來找？」我咕噥着提起聽筒，還沒發話，聽筒另一邊傳來奇里夫的聲音：「陳先生，睡了沒有？沒睡開電腦上網看看，今天我們這裏的拍賣行有個遺產物品拍賣，裏面不少好東西，估價低廉。」

我有點意外，奇里夫居美國羅省，那邊時間晨早，平常這鐘點還沒起床，不會這麼早打來。我示意稍候，開着電腦上網查閱。

「我已選定多件好貨，現在趕着出門接上老鄺一起去，」奇里夫接着說：「拍賣行地點遠，車程超越兩小時。」

「怎麼這般晚才通知我？」我微露不爽：「且不說網上不易斷真偽，就算有瑕疵也不知，如何估值？」

「昨天下午看預展，因手機沒電，未能通知你。」聽

86

話聽聲，聽出我語帶不滿，他笑說：「直至展館打烊才離開，駛車往廖醫生醫務所，接他一起吃晚飯，回家時已夜深人倦，忘了。」

他知我恃熟賣熟，不見怪，着我放心，把看上的物件編號講出，到場後會跟眼。他的目鑒能力行內不少人認同，我有信心。

從網上的圖錄，果然看到不少具收藏價值的物件，有戰國銅鏡、宋代瓷器、清代九桃尊，更有半個人高的舊石灣伏虎羅漢坐像，而我看上了一座標示清代製作的德化瓷像。

像高二十七公分，由「文昌君」與鬼仔魁星組合而成，工藝精良貴麗，色澤晶瑩透閃，很耐看。

「那座『文昌君』德化瓷，不像清代，疑似明代的。」我提出疑問：「你買賣明、清德化多，你在行，怎看？」

明代德化瓷像：文昌君與鬼仔魁星

「開門明代貨，我上手看得真，」奇里夫回答我：「標錯年代經常有，不奇。」

「那麼，請代我把它買

下。」我提出了要求。

「這東西我選上了，你還是找別的吧。」他有點不捨，遲疑着說。

「還沒開拍，怎知屬誰！你還是讓我吧，要是拍下來，雙倍付錢。」我笑着威逼利誘。

同是德化瓷，明代製作比清代好，價錢當然有距離。若然能拍下，得益者是我。

「真的沒你辦法！好吧，就依你。」他哈哈大笑。

掛斷電話後更無睡意，想到一日之內將會集齊三個不同時代不同窰口的瓷像，真是夢裏也會笑醒，莫非拜得神多神庇祐、獨得上天眷顧？

一夜間輾轉反側無法入睡，直至接近天明，才朦朦朧朧漸入夢鄉。

忽然間，床頭電話炸響，鈴聲刺耳心煩，我下意識拉過身旁冷氣被將頭包裹，但鈴聲依舊怒吼，不願停下，躁火一下子從心裏燒開，伸手搶出抓起話機往外就甩，抬手發力剎那，腦內靈光突閃，瞬間清醒，意識勒停擲動的手，心念澄明知是拍賣已有結果，忙接聽電話。

「阿陳，恭喜你啊！你要嘅嘢拍成啦。」老酈透過電話報喜，聲音愉快而響亮：「成交價七百五，加埋佣金九百鬆啲。」

老酈是印刷廠東主，性情中人，愛好古典文學，常高聲朗誦詩詞，不知是否這原因，說話老是聲大。

「好！好！謝謝、謝謝。」我致謝同時從電話中聽到拍賣場內傳出拍賣官的叫價聲，知道還在續拍。

「剛拍完你件貨，先出嚟通知你，我依家入番去，散場後奇里夫會同你傾。」

老酈說畢掛線。

我望望牆上掛鐘，方六點，進洗手間回來倒頭又睡，睡得很香，直到九點，鬧鐘鳴叫才起床上班去。

往辦公室途中，先到銀行匯了兩千美元給奇里夫，這樣免得耽誤了。

到了中午，一堆事還沒忙得過來，接到奇里夫電話：「今天收穫很好，要買的都能買上，貨已提出來，本該早點通知你，但出了個小插曲，所以待回家後才致電你。」

聽奇里夫細說因由才知曉，原來拍賣結束後去取貨時，始知這瓷像有個箱子裝載，箱子用金絲紫檀木造，打開木箱看到還有一個黃花梨木座，箱和座專為瓷像而製，都是原有的明代手工，三物結為一體。到晚飯時廖醫生加入，見到這個箱子很是喜愛，纏着要拿走。廖醫生醫術高明、人緣好，但是個木癡，每逢遇見用紫檀、黃花梨木材做的物件都想買，家裏擺滿名貴傢俬。今回見到這個紫檀箱子當然不願錯過，剛開始出價兩千，還說：「陳先生要瓷像，不知有箱子，這樣我要箱子他要瓷像，你也可以多收點錢，不是大家都好嗎？」奇里夫認為沒道理，不應他，廖醫生不放棄，還連續提高出價，到後來奇里夫有點

不耐煩，就說：「阿廖，雖然這箱子有經濟價值，但你沒必要買它，若我將箱子賣給你是對陳先生不公道，今天可以這樣對陳先生明天一樣可以這樣對你，這種朋友交來何用？」老酈亦插話：「呢個箱同個瓷像幾百年嚟都喺埋一起，依家到你哋手就話要將佢掰開，咁唔尊重文物未免太過份啦。」廖醫生這才作罷。但最終還是向奇里夫要了那枝嘉慶年製的九桃尊。

很快，這箱子萬里越洋送到我面前，是手提型豎趟盒子箱，連提攑高約十八寸半、闊九寸、厚六寸，箱內有專為這瓷像而造的承托，承托用複雜的纏枝花紋緙絲粘貼，灰薄絲綢裹罩杉木製成像墊，像墊剛好將瓷像和黃花梨木座包護，所有物料和工藝均出自明代，雖有些微殘缺，仍可互證。

不足二十四小時，連番得到有觀賞和收藏價值的瓷塑像，心中喜悅自是不同，這三個瓷像為我日後的收藏提供了活樣。世人戀物各異，癡愛有深淺，我愛文玩在其文化底蘊，通過收藏學習文化、歷史，以實踐提高鑒賞能力。雖然在浩瀚的文玩知識裏，我能了解的實在很少，但我享受學習的過程，我樂在其中。

第十章
收穫

　　從世界排名第三的邦咸拍賣行網上，看到一幅由名畫家徐悲鴻大師繪寫的松鷹圖，氣勢非凡，雄鷹神態炯炯，安然傲立松幹上。旁署款識：商一方家先生教正悲鴻乙酉冬日。畫外上方有箋，撰者趙少昂，箋承北壽先生屬寫於美國三藩市，無注年干。畫與書法都寫得很好，細心反覆求證下，感覺是真跡。

　　由於這畫標價低廉，估值在美元六百至八百間，便萌生購買的念頭。但拍賣行網上評定這幅畫是仿冒的，這就有點說不清了，沒看到實物難以斷真假，孰對孰錯呢？心內無底。

　　想了半天，最後還是請梁子彬幫忙，去展場跟跟眼。梁子彬接到我電話即爽快答應，並說會叫劉國偉一起去鑒

證，若是真跡可代投拍，剛巧拍後兩天有事需要回來香港辦理，屆時順便把畫帶回。

幾天後，梁生用訊息通知我按時接機，到港後詳談。

梁生乘坐國泰航班 CX885，傍晚時分抵達香港。我和堯安早早在機場等候。堯安很久沒見梁生了，雖然要上夜班，仍趕來短敘，還堅持駕車接送。

能夠在長途機上睡足，梁生顯得格外精神，說起話來興奮，描述今次拍買過程更是有聲有色，使人聽落有如置身現場般感受到濃烈氣氛：

開拍的前一天，我約劉國偉去看預展，行前對阿劉講：「阿陳在網上看到徐悲鴻畫的鷹，請跟眼代拍。」阿劉應諾。

阿劉年過六十，大半世人以買賣書畫為職業，三藩市內老一輩華人書畫買賣不少是他經手的，經驗老到。我為了不負所託，特請阿劉協助驗證。

進入展覽場內的書畫展示處，阿劉看到掛在牆上的松鷹圖時，不加思索，脫口而出：「畫係真嘅，絕對唔假。」我見阿劉還沒細看便斷定是真的，感到出奇，問：「何以這樣肯定？」

阿劉搔搔頭，嘆了一口氣，才慢慢講出：「呢張畫係徐悲鴻寫畀同年代嘅花鳥畫家王商一嘅，王商一過身後，佢個仔將畫轉送畀外父王北壽，後來趙少昂旅美，

王北壽仲請趙少昂為畫寫箋喺。」站在畫前，阿劉有點唏噓，用手輕撫了一下畫面，續說：「王北壽係商家，經營漁市海鮮批發，當年在世嗰陣，我間中喺佢屋企作客，多次要求把呢幅畫轉賣畀我，但佢就係唔肯割愛，畫對得多咗，入腦成形，所以一睇就知。」

我細心觀看這畫，憑藉腦內知識互相對比，最後認定畫中繪法和字跡都是出自徐悲鴻的。但畫旁標籤清楚標示這畫是偽作，使我大惑不解，問阿劉怎麼個看法，阿劉笑說：「真係亂彈琴，寫畫嘅人功力深厚，邊個能夠亂真？況且留存有序，趙少昂嘅書法係最好嘅說明！」

看罷這畫，我們兩人各自在場內瀏覽，看看有沒有合眼緣的物品以供欣賞。很快，我看到兩幅出自嶺南畫派大師高劍父之手的精品畫作，一幅繪柳月，一幅繪梅花，兩畫同一個編號，估價同樣六百至八百美元，標籤依然寫上偽作。

綜觀全場，不少有爭議的畫，標價都數以千計，而定為假畫的只有這三幅，這是一個甚麼樣的標準呵！

我即向不遠處的阿劉招手，示意他過來評評。

阿劉少年習畫，崇尚嶺南畫派筆法，常拿高劍父、高奇峰兄弟的畫作臨摹練習，後來營商，過手嶺南派名家書畫不少，其中有好幾件高劍父的作品交由入室弟子放上蘇富比，拍出高價錢。

經阿劉詳盡審察，找不到半點虛假，我們這兩個畫家你眼望我眼，齊說：真怪。

晚飯時，話題環繞剛才在展覽場內所見的那些展品，評評比比，笑罵讚彈。但每當我提到那幅松鷹圖，阿劉總是欲言又止，直待我再三追問，阿劉方表白：「好想買呢幅畫，呢個係多年嘅心願，可唔可以通知阿陳唔好同我爭？」

我回應：「拍賣行講競投，就算阿陳放手，難保別人不爭。」

「人爭我亦爭，我預算爭到四萬美元我都要。」阿劉臉上透着決心。

要知徐悲鴻真跡今日的市場價值已遠遠超過四萬美元，但阿劉是長期食仙丹之人，以低價買高值，賺取生活費，這般的出手已屬天價，四萬美元簡直要他的命。

「我可以聯絡阿陳，傳達你的要求，但我有一個想法，不知你同不同意。」我有點意外，心念隨之急轉，稍作掂量便有了打算。

「請講！」阿劉心急，眼眸綻出期待。「無論你四萬買或四千買、甚至只用四百買入松鷹圖，我都不代阿陳舉牌；反過來，我買高劍父那兩幅畫，三百、三千或者三萬是我的事，你不能投拍。」

「好！一言為定。」阿劉亦爽快。

當下，我用電話把事因通知阿陳，阿陳覺得合理，

對我說：「既然阿劉對松鷹圖情有獨鍾，理應讓他。」
另外，阿陳還提議：如果可以買到高劍父的畫，錢由他
出，畫就一人一幅。

梁生往下再述：

　　第二天，我剛踏進拍賣場，已看到阿劉在辦理領牌
登記手續，場內氣氛熱鬧，來參加拍賣活動的人很多，
拍賣已進行了好一段時間，但距離阿劉要拍的編號尚有
半百。外國人的地方當然多老番，可是在今日，中國人
也多，從國內來的人有好幾撥，加上當地華僑，早把場
地撐滿。拍賣行宣傳功夫做足，一早就把是次圖錄寄到
國內相關的拍賣行和收藏家手上。今期拍品多，近千件
歐美藝術品和過三百件中國新、舊古玩，吸引着抱不同
目的的同道愛好者，大家磨拳擦掌，希望有所收穫。

　　我領了牌號，在後面不當眼的地方找了個位置，靜
靜站立等候。約莫半小時，輪到松鷹圖，拍賣官剛開出
底價，阿劉急不及待接上，現場無人爭，阿劉暗自高興，
但笑容尚沒在臉上展開便聽到電話應價，叫價聲未落，
另一個電話已接續，緊跟着第三個電話又加入，阿劉當
仁不讓，把號牌高舉。

　　連番交錯承逐，價格不斷飆升，很快拍賣官把價叫
到三萬美元，此時最先以電話投拍者收牌，而另外的兩

個電話投拍者卻沒有退出的跡象，不停追價，似乎都是志在必得。

　　叫價接近四萬，阿劉的表現似受無形障礙，承接緩慢，最終在不到五萬美元時放棄。

　　此時堯安插口：「既然徐悲鴻嘅畫經濟價值咁高，劉生點解唔繼續爭落去？」

　　「一是阿劉性格使然，仗着自己有點眼光，從來不願以等量價錢購買書畫；」梁生笑着向堯安解答：「二是他亦感覺得出，通過電話投拍的買家就算用更高的價錢也非買不可，既然目標價定四萬，過了這個關口，便洩了氣，再也爭不下去了。」

　　堯安越聽越感興趣，請求繼續，梁生也樂意，將拍賣過程講下去：

　　在場的華人均感訝異，一幅經拍賣行定為假作的畫，能拍出這麼高的價；而且，搶投中的一方竟是經驗老到的行家，大家不能理解，互相提出疑問，拍場頓時議論紛紛⋯⋯

　　拍賣繼續進行，瞬間輪到了高劍父的畫作編號，我在眾人不覺間揚手，這時，有個老番，見我舉牌他也跟着舉牌，我認出他是拍賣行常客，見多了，偶有交流，知他對中國藝術認識不深，只喜跟風。

　　兩人數度承價後，老番終因知識、經驗所限，不再跟進。

　　嘈雜的人聲還沒停下，拍賣官的錘已為我敲響，連佣金共一千七百零八元。

「嘩！咁嘅價錢買兩張精品，咪恨死阿劉囉。」堯安聽到精彩處拍掌而叫。

高劍父《柳塘秋雨圖》

　　「阿劉為人豁達，一生盡在名畫中打滾，怎會計較一、二張的得失呢。」梁生深知阿劉，話中帶有讚譽。

　　不覺間，車已駛到酒店門前，梁生謝過堯安，和我進入酒店辦理入住手續。

　　在房內，梁生把畫拿出掛起，與我一同鑒賞，圖中夜景秋雨迷濛，池塘畔，幾枕小石和幾株柳樹在月亮照映下顯得寂靜，一隻織機郎在蘆葦枝上鳴叫、劃破清虛；佈局細膩

工巧，動與靜兼容，墨色沉穩淡雅，線條雄渾蒼勁，透視空間深遠而層次自然，將光和影的明暗對比用渲染筆法柔和地透出，景色幽深；畫長一百三十五厘米、寬六十厘米，以隸書字體題寫「柳塘秋雨」款識，題目和畫內意境貼切關連，詩情無

高劍父《柳塘秋雨圖》（局部）

限，畫成於「己酉秋夜」（即一九零九年）。如此大畫寫小景，將功力盡顯，不愧為嶺南一代宗師。

「阿劉竹籃打水，白忙一場，」我為他嘆息：「到頭來還是無緣，可算有點遺憾了。」

「常言道人有人緣、物有物緣，拍賣行失察把畫定為偽作，阿劉本有望可得那雄鷹圖，但最後仍然眼白白流走，」梁生一邊說一邊把畫捲起交給我：「這印證了凡事只能隨緣。」

我欣然接過卷軸，然後一起出外用膳。今夜的月色有點朦朧，路上下着綿密小雨，景色如畫，不期然把我帶入遐思⋯⋯。

第十一章
買雕漆

晨早，天還未亮，被鬧鐘催着起床，匆忙趕去機場，乘坐早機前往美國西岸洛杉磯。為了能在星期三上午時分到達，我選擇了東方航空公司的航班，途經上海浦東機場轉飛。

飛機沒有誤點，準時到達。我要趕在上午到達，是為了爭取時間可在下午參觀一個名叫「Abell」的拍賣行舉行的預展。

「Abell」拍賣行在美國可算老字號了，一九一六年成立，家族式經營，祖業父傳子繼，生意維持至今依然興隆鼎盛，雖未達到業內頂級水平，聲譽尚算不錯。拍賣行每星期舉行一次拍賣，訂於星期四，因此亦叫「星期四拍賣」，而預展僅在拍賣前的一天，不印圖錄，不作網上宣

傳；當然，春秋二季大拍則是另作安排。地點在商業中心旁邊的貨倉區，用一個大型貨倉作為拍賣場所，對象都是些行內人、老客戶及陸續加入的新收藏家。

從機場到「Abell」大約四十五分鐘車程。我辦好了入境手續，匆匆提着行李，乘上朋友早在門外等候的車，奔向拍賣行去。

預展場地面積不小，我從門口往裏望，眼見待拍物件不下千件：有傢俬雜貨，有五金工具，有照相器材，有油畫雕刻；有藝術的，有非藝術的。新工舊作包攬中西，門口還擺放着汽車和機械等着拍賣。

貨源來自美國各地，大多是遺產委拍，展品一律不標示售價，只在拍賣當日由拍賣官現場按內定喊出。由於起拍價超低，十分吸引人，拍賣當日總是人財兩旺、氣氛熱烈。

當我跨越「Abell」門檻時，視線被大廳靠左當眼處的桃木大餐桌上的一座枱燈吸引。花瓶狀的燈座線條優美典雅，是中國工藝；秀麗迷人的外形飽含時代氣息，散發着古韻，清代手工巧作，很耐看。

我信步趨前細心觀賞：枱燈在原有的雕漆花瓶底部鑽孔，加裝銅桿掛燈和木製腳座而成，總高度約三十四寸，其中花瓶高十五寸，銅桿高約十七寸，腳座高二寸，比例均衡，入目自然；花瓶用薄木片和漆液製作，紅色，俗稱剔紅，瓶頸與瓶腳刻蓮瓣紋，瓶身開窗，用牡丹紋飾分隔，

窗內以山水樹木、亭台樓閣作景，細膩的雕刻使花瓶外表很美觀，是一件雅俗共賞的藝術品。我靜心細看，覺得越看越好看，心內慢慢升起了慾望，盼明天能拍到手。

用漆樹的液體來製作器物，在我國歷史悠久，而漆器的雕製啟蒙於戰國、兩漢，技藝發展得自於盛唐，到宋、元時已相當成熟、興旺，明代永樂、宣德可稱雕藝代表，清乾隆時更是空前繁榮。雕漆技巧難於掌握，全靠藝人控刀經驗，除工藝熟練還須繪畫根基，而且製作耗時，一件器物從製胎、上灰、光漆、寫稿、雕刻、烤乾、磨光到整修上蠟動則數十日，其中光漆工藝最費工，每塗一次漆都要放進窖箱內陰乾，如是者反覆陰乾百二、三十數才達需求厚度，然而，每天只能塗二、三次。精美的漆器陳設品求之不易，價值亦不菲。

第二天午飯後，我估量着時間，看看差不多該輪到那花瓶叫拍，才走進拍賣現場。現場很多人，上了年紀的老外居多，後生一輩少，中國人更少，連我在內也就這麼三、五個。

場內競拍激烈，拍賣官技巧地控制拍賣氣氛，快速而

（清）雕漆花瓶

康熙缸豆紅長頸膽瓶

又帶迫迫感。由於拍品多而起拍價低，往往成交在瞬間。

我很少碰見這種快速拍賣，現場多次出現錘聲響後仍有人舉牌，但已不能改動結果，你罵歸你罵，他賣由他繼續賣，遊戲是拍官主導，你要玩就只能順應他的規則。但罵還罵，很快你就投入他的規則，拍品與售價成為最大的誘因。

等不多久，拍賣官就喊出花瓶的底價，起拍價美金二百元。我尚未舉牌反應，場內已有多人爭相投拍，每報一口價加十元，很快就上到四百元。到這個價口上投拍的人相繼少了，才有機會讓我舉牌。我接上去時每口改為多加二十五元，當我出到五百元，再上便加五十。拍賣官連續喊出三次五百，但已沒人接，錘聲響起，花

瓶歸我投得。

競投的都是老外，不要說外國人就不懂中國古董，其實審美眼光大致一樣。好的藝術品無論放在哪裏都會有人懂得欣賞，但論經濟價值則要看操縱在誰人手上，君不見那些世界頂級拍賣行的拍品常以天價成交且屢創新高！

五百元的成交額，要加百分之十八的佣金和十點二五的銷售稅，接近六百五十美元出貨，但若以現時國內的行情，我是撿到便宜了。

晚上，朋友盡地主之誼，請我吃飯，還請來兩位當地行家作陪，一位是拍賣行退休買手張先生，七十多歲的老行尊，為人謙和，沒半點架子，我隨大家叫老張；另一位是相熟的偉哥，做舊傢俬、舊木器維修。

飯前我把花瓶拿出給大家欣賞，笑說此行已對自己有所交代。

「買得好，呢類貨喺大陸唔易搵得到。」偉哥看罷遞給老張。

「這花瓶尚算完整無缺，雖說鑽孔成燈，亦成器。」老張接過花瓶邊看邊說。「講起雕漆，後天在比華利山，一個由中東人新開張的拍賣行內，有一件乾隆年製的雕漆盤推出拍賣，起拍價不高，你喜歡雕漆應去看一看。」

「我睇過圖錄，感覺係真嘅。」偉哥接口說。

這頓飯吃下來氣氛舒暢安然，不單純是酒的作用，主要是交換各自所知的業內花邊新聞，極其誘人，就好似平

康熙青花山水筆筒

日看八卦雜誌獵奇那般有趣。其中，有大拍賣行人為地摻進假貨而賣出大價；有用天價投得物件的買主拒絕提取；有國內專家拿高精仿品到外國拍賣行，與老外一起「蒙」國內的收藏人士。

　對多段奇聞中的主角，各人或多或少或深或淺都有所認識，業內真假買賣使人大開眼界。飯後，餘興未了，老張還為大家送上了一份「甜品」，內容是發生在本月初的一個騙局，騙局使老牌拍賣行蒙上了新的污漬。事情經過大致如是：月初有國際大行搞春季大拍賣，在會展中心預展，展品中有一「乾隆年製」後加款的雕漆盒和一個民國仿「雍正年製」琺瑯彩小碗滲入了預拍行列，後來更拍出

高價，有眼光的行家暗地「嘩」然，大家不明就裏。由於老張與該拍賣行內的工作人員相熟，不停打探之下，方知事情始末。原來業內有個花名叫老鼠（化名）的人，七十年代末從大陸偷渡來香港，成了香港居民。改革開放後，做起古董生意，更參與走私文物活動，老鼠有點小聰明，悟性高、上眼快，很快在業內就有了點名氣，加上他在國內長大，門道多，收貨容易，當年，不少人向他買貨。老鼠搵錢易，使得亦疏爽，天天雀館舞廳桑拿泡，還經常照顧一些落難兄弟，左手來右手去，往往貨未交錢已用光。

近年國內經濟騰飛，先富起來的人不少，大量現金和資源投入到古玩藝術行業，成就了一大批古董收藏愛好者；貨源四處分流，掂得上份量的物件更是買少見少，且價格貴得驚人仍向上漲。

老鼠門道轉窄，偶爾見到又付不起，買不到好貨賺不了大錢，已靠賒借度日的他早欠下朋友客戶一屁股債。但所謂「蛇有蛇路鼠有鼠路」，走慣旁門的老鼠很快從腦內掏出點子。他有一拜把子兄弟在這大拍行任職鑑定總監，持有拍品上架決定權，他便將一盒一碗交到把兄弟手上求上拍。這兩件東西賣相美，可以騙倒不少行家，但他把兄弟是何等人，怎會給蒙混，客客氣氣婉拒了他。老鼠亦非省油的燈，軟功硬功齊施，死活也要把兄弟幫忙，並承諾自帶買主，擔保一定能拍出去。把兄弟因落難時受過老鼠恩惠，最終還是硬着頭皮把這兩件東西推出上拍，至於內

裏條件細節怎樣，就不得而知了。

到開拍那天，老鼠帶來買主，是國內一家房地產開發公司老闆，目的就是買那盒和碗。據說這買主是老鼠從前的舊客，後來辦移民，出國了，幾年沒見面，最近回國，老鼠想盡辦法找到了他。

兩件拍品開拍時，都有好幾個人來搶，叫價不斷上升。也巧，還沒到老鼠和買主商定出價的底線，其他人便退出了，最終由老鼠帶來的買主買下。

聽到這裏，大家心下明白，微笑作別。

第二天，我按約定時間隨他們一起去看預展。剛好老闆在，老張跟他認識，由他介紹藏品的來歷，方知部份是他舊藏，部份是登廣告後別人拿來。由於他的收藏積貯了三、四十年，致使場面有真貨、好貨。

新開張希望旺場，展品標價普遍比市場價格便宜。老張推薦的雕漆盤確是好東西，盤不算大，直徑約九寸，外底楷書「大清乾隆年製」六字橫款，盤內雕五老圖，用松梅竹石托景，立體和透視感很強，混和國畫與西洋畫的佈局技巧，層次深遠且畫意宏開。小小畫面刻出如此大景，實在難得。存世的雕漆器物中，還未見工藝有比它更好的，心裏不期然盤算着甚麼價才能到手。

拍賣當日，我很早到場，關注着場內情況，計算着選擇了的標的物在價格上的底線，並用筆記下。由於是新場，所知的人不多，到來的更少，我順利以低價買入兩件

清三代的瓷器，一件是康熙缸豆紅長頸膽瓶，另一件是康熙青花山水筆筒，心情很好，自以為稍後亦能低價把雕漆盤拿下，心內自鳴得意。

當拍賣官喊出漆盤編號時，我正想把手中號牌舉起，卻已有電話應價，一個、二個、三個接踵而來，多個電話相爭，應價聲彼落此起，瞬間已超越我自定的底線。這現象可怪，好似他們每個人都非要買到手不可，看着價格不斷颷升，我惟有旁觀熱鬧。

散場後，老張聽我提起這雕漆盤便笑起來，拍拍我肩膀說：「這麼多個電話打進來，大家都覺得出奇，現場無人舉牌，都是電話爭持。我找老闆問，才知是原物主後人互不相讓，才有這幕競爭。」

買不到這雕漆盤不免有點失落感，但現實不是你喜歡就可擁有，能看過，能上手，已經是不錯的了。

第十二章
癡愚

　　星期五的下午到普藝拍賣行去看「中國書畫及藝術品」預展，今期拍品很誘人，七百多件展品良莠並存，內有手工精良的竹木牙雕雜器以低價及無底價標示，能否淘到寶，要講運氣了。

　　由於趕時間，來去匆忙，場內東西我看不及三分一就離開，在梯口碰見相熟的林三哥，拉着我不放，問我看到甚麼合心意玩兒。我答挑了幾件品相好定價低的物件，但估計能買到的機會不高，況且我明天外出公幹不能來，棄投了。三哥說他明天會來，叫我將編號告知他，訂出接受價，由他代投拍。我講出編號，然後致謝離開。

　　過了兩天我從內地回來，聯絡三哥，詢問拍賣情況，三哥笑說價格搶高了，要買的大多落空，到最後，你我只

能各得瓷器一件。

我不知三哥自己投得甚麼瓷器，而為我投到的是一個石灣窰的兔形錢罌，石榴紅的顏色很迷人，是民初製品。為答謝他，我請茶餐。

見面時，三哥心情好，繪聲繪影向我描述那天拍賣現場的情形，真的假的都不缺人競投，幾乎拍出個滿堂紅，雖然沒有甚麼物品以大價賣出，但成交普遍貼近市值，而我託買的那幾件無底價貨品都以數千元拍出，超越我所定的金額過倍以上。三哥還笑我孤寒，出手偏低。

三哥的笑容似在說，他有好收穫，我請讓我分享。三哥說他買了一個天青釉色的葫蘆瓶，問我有沒有印象。

我腦子轉了一下，省起圖錄內有一個造型優雅的瓶子，上半截是常見的十八世紀膽瓶式型製，下半截似一個大水注，上下相連成葫蘆狀，比例均衡，高約十寸。

我說從圖錄看造型，似是十八世紀的，但那天趕時間，沒上手，況且，那類單色釉在民國初年仿製很多。

三哥話買前曾細看，工藝和材料都是十八世紀的，只是底部骯髒，不能確定胎泥色澤，這很關鍵，唯有當作民初來買，拿回家後，用漂水浸洗，一夜時間，瓶底污漬盡去，結實的胎骨白中透灰，官款「大清乾隆年製」篆書六字青花與胎體牢貼，瓶子對款無疑。

我問多少錢買入。三哥說二百，連佣金兩百三出貨。

我恭喜三哥又執到漏。

分手時，三哥不讓我結賬，搶過單紙，到櫃枱處埋單。我剛要離去，忽然，肩膀被人抓住，一把聲音耳邊響起：「咁快就想走，我等你好耐喇。」驚回頭，原來是阿武，三哥見我碰上熟人便自行離去。

　　「你找我還用等嗎？打個電話，我馬上飛到。」我微笑着調侃。

　　「唔係講笑，真係有事搵你。」阿武一本正經的說。

　　「哦，認真啦？」我還是笑着：「說！甚麼事。」

　　「最近買入咗一個明代宣德朝嘅青花大碗，想搵你跟跟眼。」說着，也不管我願意不願意，掏出手機就往家裏打，叫太太趕緊把那青花大碗端下來。掛了線，阿武這才讓座、為我泡茶。

　　他家很近，就在對街大廈高層。不一會，他太太帶同傭人捧着一個大錦盒急步而來。

　　阿武接過錦盒，示意太太回去。然後小心翼翼把一個特大號的青花碗從盒子內拿出，雙手托着往我面前送。

　　這碗個頭大，碗內粘有黃泥，沒有清理乾淨，似是剛出土。外壁畫纏枝牡丹花紋飾，口唇繪卷草，靠腳處畫一圈蓮瓣紋；白釉、圈足露胎。整體看來無半點明代瓷器的時代氣息，釉色過青過細，青花發色輕浮，無永樂、宣德時期那種自然渾散的特殊風格。

　　碗，還在阿武手上，我沒接，阿武連連催促。

　　話又說回來，這碗畫工很好，畫匠技藝純熟，筆法流

暢而自然，加上表面去光處理很到位，莫非是仿品中的精品？

「你自己怎樣看這碗？」我問。

「當然係真㗎，出處無問題。」阿武答。

「給誰看過？」我續問。

「畀鬍鬚譚睇過。」阿武續答。

「怎説？」我再追問。

阿武有點遲疑，稍停才説：「阿譚冇講真假，淨係問我係咪買斷咗，我話係，畀咗一百萬人民幣，佢聽完對我講拿唔準，睇唔透，叫我另搵人鑒。我再問，他唔答，只講其他事。」

他説的鬍鬚譚是行內名家，開設古玩店，業務分佈三藩市、香港及廣州，以前在香港收貨拿到美國賣，現在從美國買貨拿回廣州賣，專營明清瓷器，同行都知他眼力高，經他鑒評的瓷器基本定案。我心內測度：這可是阿譚的強項，哪有看不準的？拿來問我只是想我認同，這不是有點折人了嗎？

怪不得平日朋友們説阿武對瓷器癡迷，滿腦袋都是元、明青花釉裏紅，總想着一本萬利，希望透過出土墓穴、窖藏執到寶。死去的老爸留下的店舖生意被他賣掉十之七、八，數以千萬元的資產用作購買那些所謂的宋、元瓷器，整屋子擺放着備受爭議的藏品。

「麻煩接住啦，我捧都捧到手軟喇。」時間一長，阿

筆者藏明代宣德青花纏枝花卉紋大碗

武的手有點發抖，奇怪我還不接碗：「你做乜啊，好似出咗神咁。」

阿武的話使我自感不禮貌，忙伸手接過，但碗到手就感覺份量不對，直覺使我斷定此物是仿品，連稍有的疑慮也洗去。反轉來一看，「大明宣德年製」六字青花款的書法雖然寫得好，但與真品神韻相去甚遠，哪有是真的。

我抬起頭望着阿武，一時不知怎講，話到口邊又縮回來，直說吧，恐怕對阿武打擊大，不說亦非我本性，欲言又止的困態畢現。

阿武見狀，忙說：「唔緊要，係真係假照直講啦，影響唔到我㗎。」

「這麼大個宣德碗我還真沒見過，看不透，」人急生智，我隨即想起鬍鬚譚的對答，馬上將它轉為緩兵之計：「我省起舊日藏有一個宣德官窰的青花碗，找出來對一對便知真假。」

逗小孩的話阿武不愛聽，他根本就不相信我的「看不透」，非纏着要我回家把那舊藏找出來不可，最終還是推不過他，約定明天同一時間同一地點再見。

大家都知道收藏講機遇，若然沒有鑒賞能力就算碰上了也會流走。眼力不是一朝一夕練成，要藉着不斷與真品接觸、用心感應才可提升，加上結合書本上的知識，把積聚的經歷融會貫通、自成心得，才能考證物件的製成年代。可惜阿武並非愛書之人，既無天份，又不努力，購買古陶瓷不為鑒賞而在投機，朋友中不缺驗證高手，就是不愛忠言，一個死心眼，執迷不悟。

第二天，我依時到達，阿武已在等候，見我手上提着盒子，也不等我入坐便搶出手來拿過，急不及待把碗捧出，在手上翻來覆去，一時似全神投入。我坐下來，拿過茶壺自斟自飲，也不管他。

好一會，他才把碗遞還給我，口中說道：「睇唔出有乜嘢唔同，大致上差唔多，除咗造型唔同之外，其他分別唔算大。」

「正因為有分別，我才拿來作對比，你可從中加以分析，」我接過碗，然後嚴肅對他說：「這青花碗是明代宣德御窰燒製，開門一眼貨，是典型的斷代標準器。」

所謂「開門一眼貨」，是不用上手，不用翻眼便能斷定是真的，亦是歷代古陶瓷專家們用目測的約定俗成的鑒賞語句。

我用食指輕撫着線條優美的輪廓，説：「從宣德官窰傳世品和出土器物中，可以看到工藝製作的精巧和穩定，無論大瓶小盤，造型敦厚、凝重又不顯笨拙，但你那件缽不缽碗不碗的⋯⋯」

　　「宣德當時創製咗好多新品種，唔少係獨特之作，唔單止前所未見，有啲可以講後世都唔見。不過，近二、三十年，國內各地搞基建，挖掘大量古墓，致有各朝代嘅文物出土，你未見過唔出奇吖。」阿武搶着表達他的看法。

　　我笑笑，不和他爭辯，轉過題目：「宣德官窰的青花瓷器普遍使用進口的『蘇尼勃青』鈷料，經高溫後，散發出濃艷深沉的悦目藍色，靛藍中有閃灰，有藏青，有黑褐等多種色系，不規則的暈散隨紋飾流淌，活像一⋯⋯」

　　「宣德青花唔一定用進口料，唔少係用本地料，無暈散唔代表就唔係宣德器。」還沒待我說完阿武就把我的話打斷。

　　我不明白阿武的想法，唯有再轉題目：「瓷器的釉面多以亮光青白或桔皮紋為主，但無論哪一種，都不會出現整體均勻的乳濁青釉，而釉⋯⋯」

　　「呢個係你嘅偏見啫，爐火燒出嚟嘅嘢，件件都唔同，就算同一窰，擺放嘅位置唔同，受嘅火溫有差別，燒出嚟嘅都唔會一樣，根本唔可以一概而論。」阿武見我明着說他的大碗，忙再次把我的話打斷。

　　阿武所指似是而非，錯在亂套，目的是不讓我挑剔彈

劦，我口中不說假，希望通過實物對比使他能對宣德瓷器有所了解，不要再上當受騙了，估不到他偏在牛角尖裏打轉。

我搖搖頭，嘆了口氣，重新轉換題目：「宣瓷圈足修胚不算完美，但胎體縝密堅硬，露胎處觸手滑潤，兼有一種韌的感覺，就似……」

「咁講簡直係虛無飄渺，憑感覺點知韌？除非撞擊佢，睇吓係唔係容易碎，若果唔碎先叫做韌！」阿武聲調急促面帶不悅，蓄意不想我說下去。

「古瓷不一定及得上今天瓷器的堅硬，但亦不像今天的瓷器這般易碎，今天的瓷器在碰撞下很易破碎，而在相等的力度，古瓷不一定碎，很可能只是出現裂縫，」我不再管阿武的想法，繼續我對瓷器的解釋：「這個就是韌度的作用，原因在於胎料的製作方法，一個是瓷土的粉碎方法，另一個是陳腐。」

古時製瓷，被粉碎的瓷土它的微粒是不規則的，形狀也不一樣，燒成瓷後粘力牢靠；所謂陳腐，是將搓成用作製造瓷器的泥漿陳放，陳放越久拉力越強。現在製瓷不作陳腐，原料的粉碎用高速球磨機，微粒均勻，燒成產品後感覺堅硬，但拉力就弱了。

「阿武，藝術是有生命力的，只要你不斷去對比分析，積累經驗，就能感覺到。」看來阿武是不想聽，我就到此為止，把碗放回盒子準備離開。

「你咁講咪明擺着話我個大碗係假嘅啫，雖然，你冇宣諸於口，但我唔係聾，」阿武有點惱怒，停了一會，使心情平復些，才續説：「呢個碗係盜墓得嚟，我親臨墓穴，睇着挖掘，唔會係假嘅！」

奇怪！這碗若是從墓裏挖出，真不知是哪月哪日建的墳，我用不相信的眼光看着阿武，看他如何自圓其説。

「兩個月前，我人喺美國，接到我嘅沙煲兄弟電話，話山東有朋友搵到一個明代嘅墳墓，嗰墓可能葬嘅係皇室成員，剛剛開掘就發現有好嘢，掘墓嘅朋友通知咗國外啲行家，嘅家有台灣同澳洲嘅人趕嚟認購，叫我最好盡快趕去。」阿武滿面自信，聲音由低漸高似在回擊我的目光：「我隔日將緊要嘅事情處理好，連隨訂機票去山東，到咗濟南，喺酒店待咗一晚，第二日，沙煲兄弟同佢嘅朋友嚟酒店跟我會合，一齊去墳地，墳地好遠，揸咗兩個幾鐘頭車，加埋行山路，入到去已經天黑，要用手電引路先能去到墓穴入口。當晚等嘅時間唔長，好快就掘出呢隻碗。整個過程我都喺度睇住，咁唔通仲有假嘅咩。」

「為甚麼你們不能早點起程，偏要待天黑才趕到？」我有意挑出問題。

「嘿！講起就激氣，嗰日，約好早餐後出發，我哋喺酒店大堂等，過晒鐘都唔見車嚟，左等、右等，連午飯都過啦，沙煲兄弟嘅朋友不斷用手機追，回覆話架車出咗故障，修理緊，後來又話要換零件，直到下晝四點幾，司機

先將車揸嚟接我哋。」他答。

「你説曾進墓穴，請形容裏面的環境？」我又問。

「裏面地方窄窄長長，黃土泥層，約莫兩百零尺，一副棺木放喺土壁旁，一個用木搭成嘅架承着煤油小燈做照明，照向盡頭挖掘點，有人正喺度挖緊。泥地上有好多瓷碎片，聽講話係用炸藥炸洞時唔小心造成。走嗰陣，我沙煲兄弟仲特意執咗塊瓷片畀我帶返嚟做樣辦。返到香港，我攞呢塊瓷片畀過幾個有經驗嘅人睇過，佢哋都話真嘅。後嚟買賣做完，我嘅沙煲兄弟話鍾意塊瓷片，我送咗畀佢。」

「墓裏還有沒有其他完好的器物？」

「我有問過，沙煲兄弟嘅朋友話有好多好嘢，只係我嚟得遲，都畀澳洲同台灣嘅客人買走晒。」

「你從接到你沙煲兄弟的電話，到進入墓穴，用了幾天？」

「因我嘅回鄉證留咗喺香港，要先回香港取證後再轉乘，連地域時差趕到濟南就要五天喇。」這時的阿武顯得很不耐煩，臉色越來越難看。

「你和你那沙煲兄弟是甚麼樣的關係？」我不管阿武的感受，問出帶有惡意的問題。

「我同佢係小學同學，由細一齊玩大，好似親兄弟咁樣，佢對古陶瓷好有研究，我買乜嘢都搵佢經手，除咗佢我乜嘢人都唔信！」阿武的眼睛噴射出怒火，聲音越來越

大，「仲有，我沙煲兄弟剛啱喺香港，我叫咗佢將嗰件瓷片攞嚟畀你睇吓，唔使你以為我買咗假嘅。」

真是冥頑不靈！再說下去已無意義，好好的一場朋友，將是不歡而散。

我剛要走，卻見一個肥頭耷耳的胖子來到面前和阿武打招呼，阿武對我說是他的沙煲兄弟，並叫那人拿出瓷片給我看。

胖子皮笑肉不笑的看着我，從身上掏出巴掌大的瓷片遞給我，我一看是開門的明代永樂青花殘件，既不接，也不說話，提起我帶來的盒子大步離去，背後傳來阿武的叫聲……

想起曾有朋友說笑：阿武將他老爸整世人省吃儉用剩下來的身家就此敗去，還在做夢，若然給他老爸知道，睡在棺材裏也會氣得彈起。

唉，信和貪很容易使人掉落陷阱，但不信不貪又失去動力，真是兩難！

第十三章
有緣

　　劉國偉由廣州返回三藩市，途經香港，約我見面。

　　相見時，他的氣色和心情都很好，説話也多，告訴我他所藏的一張齊白石小品，在北京保利拍賣行推出拍賣，初定價人民幣八十萬元，拍賣當日出乎意料拍出個一百八十萬。

　　他説的那張畫我曾見過，繪螳螂一隻，無背景，丁方僅及吋，似技藝初成，非精品，據説只用了百多美元買入，能賣出這樣的高價，意外了。

　　他還告訴我將賣畫的錢外加一百二十萬，從一好友手上買了一個康熙白玉印，拿去拍賣行，估值六百至八百萬，待來年春季大拍中推出。

　　他的開心感染了我，飯聚時，大家談得十分高興。

齊白石高壽，享年九十三，號九十七，傳世畫作極豐，是個創意豐盈的多面手，詩、畫、書、印皆有獨到，乃畫壇一代宗師。生活上食的、用的都能入畫。畫藝面目鮮明，自我個性濃烈。

齊老勤奮，每天堅持作畫不懈，老而彌堅，創作精品大部份都在老年，名氣貫蓋南北，品味高，經濟價值亦高，向來是商賈官吏家中廳堂的懸飾。

近年，齊老的畫很賣錢，國內的拍賣行把售價推至前所未有的頂峰，盡蓋自有國畫以來的各朝各代名家。今年春季大拍中，北京中國嘉德推出「大觀‧中國書畫珍品之夜」專場，齊白石一幅《松柏高立圖及篆書四言聯》拍出四點二五億元人民幣新天價。

我以往對齊老的書畫認識很淺，他的山水、走獸總不能引起我的興趣，只是很欣賞他刻的印。現今市場的瘋狂，把我注意力抓住了，跑進圖書館搜羅了多套齊白石畫冊，用心細看那是怎麼一回事。

剛好，兩大拍賣行亦在近日開拍，我趁此機會到展場觀看齊老的展品，亦抽時間在粵港兩地的藝術博物館內留連，看了很多幅齊老的畫作。這十天八日內，我總算看出了點皮毛。

齊白石的畫多以大寫意筆法構圖，初看平庸，再看訝異，三看佩服，且經久耐看。齊老將深厚的傳統功力糅合長期寫生積累的技巧，創作出得以成名的「自家山水」風

格，遊走於「似與不似之間」。所畫花鳥蟲魚有雅俗共賞的妙趣，筆下的蝦更是今人難及。當眼光順着齊老筆法行走，很快便感應他的創意雖不受束縛但仍有規律，不是脫離大自然現象去胡為，而是通過縝密心思巧佈而成，行筆過尺中途不用停頓，筆力仿如篆刻用刀，勢大而力蘊。再看他的書法，瘦削中見肉，肥厚中藏骨，成於碑帖而脫於碑帖，字體中的金石形相雖然還在，但火氣已然消退，返璞歸真。

去過拍賣行和圖書館後，我再上互聯網查看有關齊白石的資訊。連日網上瀏覽，意外地發現羅省蔡汝聲拍賣行的書

齊白石的《松鴉圖》

畫拍賣預展中有一幅齊白石所畫的《松鴉圖》真跡，且標價很低，與其他古今名家仿品價格大致一樣。畫寬三十三點五厘米，長一百一十六點五厘米，繪一隻白頸鴉立在松幹上，神態炯炯，落款「戊子年八十八歲白石老人晨興一揮」，畫上鈐有兩個朱文印章，一為「齊大」，一為「吾

年八十八」。白頸鴉產於河南、河北一帶，數量不多，能反哺，稱慈烏。我遊陽朔時，在灕江邊上的竹林曾見過。

電腦熒幕雖小，但畫上的書法和印章仍然清晰可見，是出於齊老之手。我拿起電話打給梁子彬，請他代我去蔡汝聲拍賣行投拍。

梁生接到我電話，問是甚麼時候舉行拍賣，我這才醒覺就在當天，看看錶，知道拍賣已在進行中，梁生明白我心急，問了編號便掛線，趕去現場了。

第二天早上醒來，收到梁生電話短訊，告知畫未能買到，原因是：趕到現場時，拍賣早在進行中，僅僅來得及領取號牌，已輪到《松鴉圖》上拍，拍賣官喊聲才起，電話裏頭就有應價，此時雖未看過原畫實物，但已不容細想，唯有硬着頭皮舉牌接價。輪番爭持間，另一電話投拍者加入，叫價不斷上升，現場無人參與，大家都在看熱鬧。價錢超乎預算，原希望在低價投得，這樣就算是假的，損失亦有限，但現場情形是兩碼子的事了。本來未鑒核原件而以貴價買入後才發覺是假的，那就是魯莽！除金錢損失外，更招人訕笑，想及這，惟有放棄。電話繼續競爭，並以高價成交。事後，問拍賣行負責人，知是國內客人長途競價。

不看實物，只憑觀察網上相片而去購買物件，是達反鑒定原則的，但我對這畫情有獨鍾，無論知識上、直覺上、感情上都認定是真的，那就不管啦！如今買不到，難

免有點無奈。

有行內朋友，聽到我訴說買不到這畫心裏還老是想着，便對我說就算買得到也不一定是真的，近期有天價拍出的畫亦被專家刊登專文指證是假畫，還把那文章找來送我閱讀。

文章由一位署名「北京牟建平」的藝評家撰寫，刊登在《收藏》雜誌第七期副刊內，所指正是上文提及的《松柏高立圖及篆書四言聯》，從各個方位品評該畫和書法，逐點排比真假，指斥錯誤。

我未看過原畫，光從雜誌內的小圖片哪能評論誰對誰錯，況且市面上齊白石的假畫多的是，與我無關，他評他的畫，我想我的畫，聯不上。但我還是多謝我這位熱心的朋友。

過了兩個月，我又從蔡汝聲拍賣行的網站上，看見《松鴉圖》出現在拍賣列表內，大感意外，於是找出舊紀錄，看看是否同一物，對比之下無分別。用手繪製不可能一模一樣，別說是模仿，就算作家本人寫一千次一萬次都寫不出一樣來。

既然不明所以，於是打電話給梁生，請他多跑一趟，看看是不是木版水印印出來。梁生正在繪畫，聽我述說，引起好奇，當即放下手中筆墨，驅車前往看個究竟。

幾個小時後，接到梁生報來消息：畫是真的，「開門一眼貨」，更是齊老的精品創作。問過老闆蔡汝聲，這畫

既已拍出，為何還會出現，蔡汝聲回覆是國內買家事後認為該圖的松幹畫法與被指為假畫的《松柏高立圖》繪寫方式一樣，認定有疑問，拒絕付款提貨，因此重新上拍。

到開拍當日，適逢隔鄰的拍賣行也是同日舉行拍賣，這類小型拍賣本來人流就少，再分流，到場的就只十來個，有部份人還不是買家，因有物件寄賣而到來觀看。拍賣氣氛冷清，不少物品流拍。此畫無人問津下，梁生順利以底價投得。

當畫在我面前展現時，內心的喜悅難以形容，通過這畫我能深入了解齊老對國畫的創意，他能被世人稱頌為近代畫壇泰斗，皆因以深厚的功底我行我素去表達內心的述說，並用筆寫出了屬於他自己的新天地。

《松鴉圖》用大寫意筆法在生宣紙上寫成，舊裱，裱工手藝很好，畫中墨色變化有如幻彩，佈局大度中暗藏靈動，筆力雄健，速度迅猛，松幹與松枝的落筆更是畫外入畫，鴉身羽毛筆筆清楚，更無翻筆，一筆未乾，二筆已落，交匯處但見墨漬渾化，從起筆到收筆，如行雲流水，一氣呵成，看得出整張畫完成速度極快。縱觀近、現代畫壇，無人能超越。

這是一種緣份，緣份使我得到這畫，給予我學習和鑒賞齊白石繪畫藝術風格的良機；而這亦是一份財富，能得天賜，我心存感激，會珍之重之。

第十四章
奈何

　　星期三中午，我到達洛杉磯國際機場，辦完入境手續，拖着輕便行李登上來接我的朋友的車，前往「Abell」拍賣行。

　　去年四月同樣是星期三，我乘坐非直航的班機趕在早上到來，以便能有充裕時間參觀「Abell」拍賣行的預展。有了上次經驗，知道可在香港乘坐直航也能在午後到達參觀，免卻中途轉機之勞。

　　去年我在這裏有所收穫，投得一個以雕漆花瓶作燈座的枱燈，現今想起來還有點得意。這回重到美國，仍揀擇從洛杉磯入境、選擇星期三、選擇「Abell」拍賣行為第一站，就是希望再次得到意外。

　　同上次到來時一樣，拍賣行貨倉式的外表仍是簡陋殘

舊，無裝飾也不翻新，但裏外依舊熱鬧，眾人熙攘，門前停滿了各類大車小車。

踏進展場，只見展品雜亂無章層疊堆放，數量繁多使通道變得狹窄，待拍品與去年相比，起碼多出了一半，今期的中國陶瓷和文玩雜件相對較多，現場還多了黑髮黃皮膚說國語的人。

朋友說，這拍場近半年來一期比一期火旺，貨物多了，人也多了，賣出的價錢亦高了。雖說如此，拍賣行仍堅持原有風格：不宣傳，不登廣告，不印圖錄，不設網拍，只接受現場競爭。

我在場上轉一圈，粗略地看了一下各類展品，發現其中不少清代出口瓷，以廣彩和青花碗碟較多；也有相當一部份十九世紀的日本瓷，包括整套的餐具和各式美術工藝瓷；更有英法德及西班牙的瓷塑公仔和油畫；西洋家具是主流貨物，撐起每個星期的拍賣。

場內有免費咖啡提供，我斟了一杯，坐下來休息。這時進來的人更多了，展場更感擠迫。經營木器傢俬的黃仔進門時看見我，過來閒聊，說這拍賣場近幾期出了多件超級藝術品，傳開後，引來大批新客，現在場上不少是外州經營古玩雜貨的人。

黃仔是常客，人緣好，到來的買家他認識過半，除了臉相討人歡喜外更兼謙虛有禮，本地華人或老外都樂意和他打交道。他在這貨倉區外不遠處，開設了一家西洋家具

店，用來存貨，把買來的家具集齊裝箱運回廣州，交給他的小舅出售，聽講，他在廣州的生意很賺錢。

稍作休息後，開始細心檢視剛才留意在心的藝術品，重新一一輕撫細觀，鑒別篩選，盡量把選項收窄，務求明天能投得工藝精巧而又具高經濟價值的藝術品。

第二天早上，拍賣前，我去到拍賣行，先到的人已很多。這裏拍賣不像其他拍賣行，拍前做預展，拍賣當天把拍品收起，空出場地排放好座椅給買家坐下候拍，而是展品原地放着，拍官喊出編號，有人舉牌拍下了，場內的職員才把物件收起，空出地方，待一場拍賣完畢，大廳也就空空如也。

開始起拍是一盒一盒丁方過尺的卡通紙箱載着的日本瓷、清代出口瓷和當地關門結業餐廳的餐具，由五十美元起拍，有競爭的，價格就往上長，沒人要的，價格就往下掉，十元、五元也有。低價吸引了經營舊雜貨的中東人、南亞人和墨西哥人，當然亦有中國人。

接下來，一盒貨物內有一個康熙朝的帶蓋青花大罐，高約十寸，青花色澤好，畫工好。行內都知，十罐難存一蓋，十多年前在香港買一個這樣完美的罐要港幣幾千元，帶蓋的價值當然更高。

我原以為像其他盒子一樣，一、二百美元能買到，怎知有位外省女士相爭，結果要六百才拿下。

跟着，是一盒約莫二十件的出口瓷，內有四隻康熙民

帶蓋康熙青花纏
枝蓮紋大罐

窰龍鳳碟，也是五十元起拍，我正想應價，但前述那位女士卻叫停，走到拍賣官前說要將起拍價改變，願以五千元作底價，話對拍賣官講眼卻望向我，拍賣官接受了她的請求。

　　國人不按遊戲規則，經常破壞規矩，本在國內司空見慣，這風近年吹襲西洋，使人側目。

　　這盒瓷器雖值得上這個價，但非精品，只屬普通生意貨，那位女士轉頭望向我，我微笑着不作表示，拍賣官連續喊價三次，無人接，她買到了。

　　看看時間，還未到十點，離我要投拍的下一個物件尚

遠呢，我須在這空檔去見一客戶，商談生意上的事，這是來美前約好的，亦是這次到美的主要目的。

我抽身往外走，接近出口時，眼光驟然被牆邊擺放着的一個大型青花天球瓶搶去，瓶的造型規整，渾圓飽滿，外觀曲線優美，高約五十九厘米；七層紋飾，主體是纏枝蓮紋，紋飾流暢生動，花球活潑俏麗，十六朵花球用四種不同的藝術造型表達；藍彩發色純艷，釉面雅潤脂瑩，寶光內蘊。看得出瓶是拉坯成型後，再套模具修坯，瓶身呈輕微凹凸，有按拍痕跡，無論頸與肩或足與底的接駁均屬精巧，無懈可擊。可能因為保存得好，無損無缺，完美無

瓶底的六字青花篆書款

大清乾隆年製青花
花卉大天球瓶

瑕，驟眼看去如新一樣。用手小心推高看底部，見有「大清乾隆年製」六字青花篆書款，一級官窰樣式。

呵，奇怪啊！這樣的大器怎麼會在今天的場合裏出現呢？拍賣行是用甚麼標準評定這件文物啊？！莫非昨夜時差未睡好，我眼花看錯了？

摸着頭，想不通。天上掉下的元寶雖說我未必能得到，但總算一個機會。

我連忙通知朋友，叫他幫忙留意，若我出去未回，輪到這件物品叫拍，請代我把它買下來。臨行，還交代了一些細節才離開。

客人遷就我，相見地點就在鄰近的一個餐館。本以為可以快去快回，誰知客人有很多事情要問，雖然之前已在電話和傳真檔作了詳細溝通，但客人還是要將合作的細節重新解說，在雙方各自變換了一些條件才能達成，直至過了午飯時分方結束。

離開餐館，心內惦念那瓶子，忙趕回拍賣現場，進門看時不見了天球瓶，連帶原先想拍的幾樣物件也不見了，知是已賣出，心中隨即緊張。

放眼四顧，尋找我的朋友在哪裏？眼光穿越人群，只見他在後排蹺着二郎腿悠閒地欣賞着拍賣官的激烈動作。

我急不及待地繞到對面，從人叢中抓着他的肩膀搖問：拍到嗎？他對我綻開一個大笑臉，說：幸不辱命，且以低價買得。我一聽，開心極了，雙手緊握拳頭高舉，「哇」

的一聲大叫，如此旁若無人的興奮，瞬即把全場目光引來！

我自覺心跳加速、血脈賁張，猛力把朋友從櫈上扯起，便往賬房走去。待繳過款項，心情才慢慢平復，朋友斟了杯水給我，推我到門外休息，然後用謹慎的語氣問：你有沒有看清楚？這可能是民國後仿的。我答是乾隆貨，屬國家級文物。但話亦可說回來，這樣的精品大器莫講是民國的，就算是現在，次一級的仿品也須三、幾萬元人民幣製作。

心情好，運氣隨之好，接下來我以二百美元投到一隻「大清雍正年製」六字青花篆書款的祭紅大盤，口徑足十四寸，釉面雖有點發灰，且開門對款，雍正年代燒造無疑。

第二天早上往溫哥華前，特地去請木器師傅阿偉哥幫忙訂製木箱，付運香港。

由於器物罕有，特顯珍貴，偉哥為天球瓶度身製作了一個牢固的大箱，用填充物塞滿箱內空間以應付運輸途中出現的震動。

當我從加拿大回到香港，箱子亦已運到，拆開箱子後，我小心翼翼把大瓶拿出，置放枱上陳設。

每天早晚出門回家，我都有段時間對着瓶子，瓶很耐看，且越看越使我心愛。

一個星期後的一個晚上，飯後，我如常觀賞這瓶子，

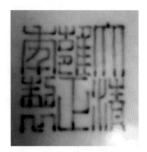

瓶底的六字青花篆書款

大清雍正年製紅釉大碟

並用手輕撫着瓶身，在接近下部有一張約莫三隻手指長寬的透明膠紙粘附着，由於日子太久，已變濁黃，有點礙眼，想把它撕掉，但撕不開，好像已融進瓶身內，想想，覺得如此的華麗怎可被不當的粘貼所影響，應該把它剔除去。我拿條毛巾濕了皂水，小心抹擦，但因年深日久擦不掉，看着，看着，心生不忍，便把它拿到浴缸中，用膠盆盛水和着洗潔精泡洗，一手捺着瓶身一手用硬毛牙刷去擦，擦了分來鐘，便看到那張膠紙開始溶解，於是放開捺着它的手伸去拿花灑沖洗，誰知手剛鬆開，這瓶子便被盆中的水飄起，瓶身往旁側去，口沿輕輕觸碰到浴缸邊上，刹那間，意識告知我要阻擋碰撞，手忙回轉欲阻截，可惜遲了！只聽「砰」的一聲響，瓶頸炸開，分多塊跌落缸中。

這只是瞬間的事，如此瑰麗的大器就在我眼前毀了，

我整個人呆在當場，伸出的手久久不能收回。

　　我一動不動坐在缸邊，欲語無言，想到這二百多年的藝術珍品由前人代代悉心愛護，完整無缺的保存下來，而今到我手，只那短短的十來天便損毀，叫我如何能面對？雖深責自己輕浮魯莽，但已追悔莫及。存世的藝術珍品不屬任何個人，我既暫得，就該小心珍護，枉我還為自己齋室起名叫做「寄存堂」，真羞愧！

　　良久，我才回過神來，痛定思痛，望着浴缸的碎片，發覺一些與尋常打碎了瓷器的狀況有所不同：爆開的碎片不受損，無花痕亦無崩口。這可奇了，回想起那一幕：瓶的破碎是因瓶頸口沿外部觸碰到浴缸邊爆開。

　　像這樣力度輕微的碰撞而導致大面積的崩破是罕見的，我不斷思索，反覆推敲，仍不得要領。之後整整兩天，足不出戶，小心求證各種可能，但也不能作解釋自圓其說。其間以電話聯絡了幾個本地行家，他們除了替我惋惜外，不能解答，我一時就這樣膠着。

　　慢慢，我想起了老行尊奇里夫，這個鬼才或許能將我心中疑惑解拆，於是越洋致電給他，奇里夫還未聽完我訴說便已哈哈大笑起來，然後就告訴我：這個經歷他早有了，兩年前，也是在這個「星期四」的拍賣行得到了一個明代正德年製的青花龍紋官窰大葫蘆瓶，拿回家後，將它洗得乾乾淨淨，但見口沿上有幾粒細小的俗稱「蟻口仔」的釉面氣泡爆裂後經塵封留下的黑點，不順眼，於是倒轉，將

葫蘆瓶斜靠在盆邊，瓶口浸入盆內混和了各種清潔液的水中，水的高度約為葫蘆瓶橫睡的三分一，當鬆開手時，葫蘆瓶靠站不穩，慢慢滑落盆中，瓶身剛碰觸盆底，「砰」的一聲，整個葫蘆瓶碎了開來。當時真的覺得不可思議，後來經過不斷探索，終於明白，並不是外力使瓶爆破，而是因為葫蘆瓶口細、瓶身大，內裏充滿了空氣，觸碰只是媒介，借意引爆瓶內氧氣，若瓶內有點水，或放點紙張，就不會輕易爆破，但受到重力撞擊當作別論，同樣，天球瓶如是。奇里夫還告知我：葫蘆瓶大大小小碎開了很多塊，無意修復還原，後來以幾千美元的價將瓷碎片賣給了北京的一個文玩行家。

道理一點即明，況且奇里夫有切身體會，雖說是教訓，卻經驗寶貴，但若不明其中道理，容易重蹈覆轍。感謝奇里夫不吝賜教，使我增加常識。

瓷器易碎，能保留下來的可謂百難得一，但我相信器物本有生命，只是，也如人生一樣禍福無常，隨那變化萬千的世情而存沒，縱然愛惜，徒嘆奈何！

第十五章
放鳶圖

習慣了夜睡，是感覺晚間工作較能集中精神。

從網上搜索資料完畢，已是深夜了。肚子有點餓，打開冰箱，見有雞蛋，拿出白果、腐竹煲碗糖水。

水開，正在張羅，洛杉磯的梁子彬先生此時打來電話，與我閒聊。他知我作息，常在深宵和我交談。今夜，他告知我：剛得了一本山水冊頁，篇幅細小，冊頁內有八幅山水，近山遠水、樹木亭臺畫得清逸雅致、恬靜秀美，以小畫寫大景，佈局寬宏且層次縱遠，在深厚的傳統功力中滲透着文人畫的氣息，可惜，畫內無提識，印章因年代久遠已不能辨認，僅得一個窮款，署名葉欣。

梁生還說對葉欣這名字無印象，手頭上又無資料，不知屬於哪個朝代的人，請我代為查找。

掛斷電話不久，收到梁生用手機短訊把八幅小山水傳來給我，細看之下果然是好畫，能有如此出品必屬名家。講實話，論對書畫認識我根本及不上梁生，他不知作者，我更是無所識，千百年來，代代名家輩出，書畫好手有如天上繁星，哪能一一清楚。好在現今科技進步，一般的資料在互聯網上基本都能查找，只是梁生屬於老一代人，平日沒有使用互聯網習慣，因而少了一條管道。

　　打開電腦上網，稍作搜尋，便見到有關葉欣的資訊：葉欣，字榮木，是明末清初雲間（今上海松江）人，流寓金陵（今江蘇南京）。擅長山水，行筆輕細而着色淡雅，用墨不多而深秀情顯，其畫可用繡澹精微概括。與龔賢、樊圻、吳宏、鄭喆、謝蓀、高岑、胡慥並稱金陵八家。

　　網上圖文並載，北京故宮博物院，上海、南京博物院均有收藏葉欣畫作。我將信息載入手機，發給了梁生。

　　第二天起床，梳洗完畢，已時近中午，洛杉磯那邊是晚上，我打電話給梁生，傾談葉欣的作品藝術。梁生為我分析葉欣精妙的構圖佈局和層次分明的技巧，期間相當推崇葉欣用墨有法，濃淡相宜、虛實有度，從平淡中盡將功力展現。

　　傾談間，台上的月曆提醒我，今天是星期四，洛杉磯Abell 拍賣行在今天亦即當地時間星期三作預展。我轉過話題問梁生，有沒有到展覽現場觀看，梁生答有，但講整個展場貨品雖多，能上眼的很少，還是以西洋餐具和傢俬

清冷枚《放鳶圖》

為主;中國式的古玩雜器則多是偽劣粗製,雖是如此,卻在數以百計的這類物件中找到一幅不同凡響的古畫。該幅古畫出自大名家冷枚之手,是繪畫仕女孩童的嬰戲圖。

我一聽,精神馬上來了。冷枚在世年日緊接葉欣之後,是康、雍、乾時代畫壇中的山水、人物高手,康熙三十五年入宮成內廷畫師,存世最為有名的是《桐葉封弟圖》、《放鳶圖》、《萬壽圖》和《避暑山莊圖》等。

我不等梁生說完,急不及待插口:「圖完不完整,有無毀損?」

「尚算完整,是翻裱,日本傳統裱工。」梁生見我心急,哈哈便笑起來。

「是新裱還是舊裱?」我問。

梁生答是舊裱,看裱工和質料應有百年上下,畫中人物繪寫精緻,線條勾勒生動,景色氣氛熱鬧,不愧為名家之作,尺寸可稱中堂。並說曾用手機拍攝,可即時傳來給我觀看,這樣不會影響我們在桌機上交流。

手機的畫面雖小,但勝在可以逐格放大。從傳來的圖像中看到一幅卷軸放在一個專為其做的長條木盒子內,憑造型外表可看出是日本手工。

內畫沒有看見,不能評說,但梁生辦畫能力可以相信,他既是畫家又常接觸到各類古、舊畫,經驗豐富,若他說是真,基本都不會錯。

「明天會不會到現場?」因梁生有時選擇不到現場,

改以委託拍賣行代為投拍，所以我這樣問。

　　不到現場而委託購買，通常有兩種模式，一是設定一個價，填上表格交回拍賣行，由拍賣行代為出價投拍，若落錘價不超過設定價，物件便由委託人投得；一是填上表格，不預設銀碼，只寫下電話號碼，開拍時臨近該指定物件，拍賣行職員透過電話通知委託人，由委託人向現場出價。

　　「明天不去現場，今天我已填表委託代拍。」聽得出梁生有點自信。

　　「看來，你好像很有把握，憑甚麼？」我好奇問。

　　「我不是有把握，因明早有個工作會議，地點不靠近拍賣行，一來一回車程需要兩、三個小時，就算趕得回來，那畫可能早已賣出。」聲音中帶着輕鬆。

　　「那你出價多少？」解不了我的好奇，他的話音還未落，我便追着問。

　　「哈哈，八百！我出價八百。」梁生還是那個語調，不急不慢回答我。當然，我知道説的是美元。

　　哈！八百？我不是聽錯吖嘛？這畫孰真孰假啊？要不是梁生的眼光值得肯定，我會懷疑他「刀仔鋸大樹——靠博」。用八百美元去投拍價值百倍的名畫，豈不是笑其他人都不識貨？不免自大了吧！

　　「你不是開玩笑吧！八百元怎能拿得到？」我抱着懷疑心態問。

「自我知道有這拍賣行以來，多次參加現場競投，雖說經常人數眾多，唯獨鮮見有能真正辨識中國書畫的高手出現，究其原因，在於低級假貨太多，吸引不了有經驗學識的人。」梁生明白我有疑問，耐心為我解釋：「明天這畫夾在一堆假畫中，一般來的人不會留意，況且它是日式裝裱，這場子日本畫賣不起價，而我恃着『買得到我好彩，買不到我無損失』的心理去定這個價，我認為適當。」

我聽完梁生這樣的說法，心裏不認同，估算八百元買不到，平白失去了一個好機會。這樣好的裝潢，這樣好的畫藝，稍懂繪畫藝術的人都會知道是寶，梁生這份自信不免帶有輕率。我感覺可惜，看來這畫會流失，朋友看上的東西不便插手，否則，有損相交之道。

放下了電話放不下心，難道就此放棄？！想着想着忽然靈光一閃，想出了一個五十步笑百步的幼稚方法，雖然能得此畫的機會仍不大，但把希望相對提高了，算是為自己心靈找到些許慰藉。

於是急急拿起電話打給梁生，梁生聽到我重提畫事，笑問我該如何辦理。

「嗱！八百元能買下，歸你，錢我付；但若果超出八百，三千元內我要，佣金另付。」我將要求簡單直接說出，並請他明早辦完事後盡快趕回現場。

其實當時我能想深一層的話，此舉應算多餘，若現場有人出價高於三千，梁生只是白跑，徒勞無功，況且對於

這畫，三千元微不足道了。

「既然你有這想法，明天我盡趕。」梁生馬上答允，但跟着補了一句：「倘在八百元之下得到，仍算是你的。」

我一聽，不好意思起來，知道梁生誤會了，但又不想作解釋，先放一邊吧。

到得早上，還未起來，梁生便有電話來，說他的工作會議剛完即趕車回拍賣現場，但回到時，那畫早已拍出。他向拍賣行相熟的職員查詢，職員告知那畫由一個經營雜貨的南美裔女人以八百五十元的價格買得，當時並無別的人出價，場中只有這女人舉牌。

拍賣場上這種事常有，有時一件精美的藝術品可以以很低的價錢購得；有時又會因為賭氣，競投者互不相讓，把物件推高到不合理的地步。今次這幅畫也是一個例子，並無規律可言。

梁生說在拍賣場上經常見到這個南美女人，四十來歲的肥婆，不懂中國藝術文玩，由於做雜貨生意，只要賣相好價錢平認為有得賺的話，各類物品都會買。

「九點半鐘開拍，十二點不到我已趕回，但還是遲了，這拍賣場的物件沒有編號，職員只以方便為由，臨時隨意設序上拍，使人很難估算時間。」梁生說話時顯然有點無奈。

畫的內容我都未看過，我知道我不便說甚麼，閒聊幾句便離線出門回公司去。

很奇怪，不知是甚麼緣故，整個上午思緒總被這畫牽動，明知已成過去，但從互聯網上搜索到冷枚的資料卻在腦中縈繞，特別是那幅絕世青綠山水名畫《避暑山莊圖》。

接近中午，出外午膳前，想起梁生託買四寸乘四寸的冊頁，用來效仿葉欣以小幅紙頁寫大景山水，於是走去文房用具專門店買了兩本冊頁。離開時，手機信息響起，細看之下頗感意外，信息傳來的圖像是一幅畫，是一幅署有冷枚名字款識的《嬰戲圖》。畫幅較大，由梁生與我另一好友小馮頭尾各持一邊，從尺寸看，疑與拍賣行剛拍出的那張冷枚作品相同。

呵，奇了！到底是怎麼一回事呢？正想打電話去問個清楚，梁生已有電話來。

「奇不奇？這畫明明給別人買去，現在卻在我手，算你有緣了。」梁生說話中包含着雙重意思：不單是得到這畫，而且更表示是我的。

這就意想不到了，我請梁生把過程告訴我，使我能知個中情節。

原來梁生從拍賣場回家後，想小睡片刻緩解早起的疲倦，剛入夢，小馮電話來約飯聚，並說他不開車了，叫梁生到他舖上接他。梁生到達時，小馮舖內還有客，未能即時離開。梁生見此，把車泊好入店舖內等候。剛進去，眼光便被玻璃飾櫃上擺放着的一個長條形木盒吸引，這木盒

昨天看過，還上過手，只是得不到。

好奇心驅使，也不管禮貌，伸手把木盒打開，呈現梁生面前的就是那幅冷枚繪畫的《嬰戲圖》。

由於畫幅大，梁生一人不能適當展開，小馮便過來作下手，把畫完全打開讓梁生細心閱覽，並說這畫是今天才買的。梁生問小馮這畫本來由賣雜貨的南美女人買去，怎麼現在又到了這裏？小馮說他到拍賣場時，畫已拍出，他去的目的不在這畫，因而並不在意，只是中途坐下飲咖啡時，見那南美裔的女人用手推車推着一車雜件出來，這木盒就在手推車面層，行經他身旁時，他問這畫賣不賣，女人答怎麼不賣？有錢賺就賣。結果是拍賣價和佣金外加五百元成交。小馮說雖然他不懂畫，不知真假，但畫畫得好，是老貨，而且賣相還不錯，估算轉手會有錢賺，所以才買。

小馮看出梁生想要這幅畫，於是把卷軸放回盒子交給梁生，梁生忙解釋說不是他要，是香港阿陳要，只是今天遲去了買不到。小馮聽到即說：若然陳哥要就送給陳哥。

古玩業行家馮先生與畫

梁生問小馮知不知道這畫的價值，小馮說不知，梁生把作者平生和現時市場價值告知了小馮，小馮聽後很高興，說這是送給陳哥的好禮物。

　　我聽完梁生講，知道了因由，能使這幅歸屬於我，相信是「緣」之故，似冥冥中自有主宰。

　　小馮是古玩業世家，祖上經營瓷器買賣，自身也開店廿多年。我們幾個關係很好，曾有過短暫時間生意合作，物件常有互通；只是我與小馮不見幾年了，最近才從梁生口中得知他的現況。

　　畫，我會要，但不能作禮物；錢，我還是照付。為此，我向小馮致謝。

　　一個月後，我收到畫，把卷軸打開，展現眼前是一幅

《放鳶圖》（局部）

彩繪精美的人物圖。畫幅長度五十五寸，寬三十寸，繪兩名仕女伴帶五個孩童嬉戲。仕女清麗端莊，孩童活潑趣致。右上方有風箏兩隻，由孩童以手中線牽引；畫中加有山石、樹木作襯景，用色雅麗秀艷，構圖熱鬧。畫近右下方有作者「金門畫史冷枚」的落款，鈐一方朱文一方白文兩印；朱文刻金門畫史，白文刻冷枚字吉臣印。

不愧為一幅好畫，與作者的風格和名氣相配，行筆中的線條工意並用，着色濃淡過渡自然，帶有西洋畫法的透視感，人體比例準確。經我再三辨識，看法與梁生相同，是真跡。

這畫雖說是嬰戲圖，但貼切點講應該是放鳶圖，冷枚作品中當不止一兩幅放鳶圖，但不知與存世名作《放鳶圖》相比，哪個更優？

第十六章
張仟扇畫

中國傳統山水繪畫藝術中，有一種以焦墨繪寫的方式叫焦墨法，用乾筆蘸上焦墨運用在勾、皴、染、點上，構成一幅焦墨山水畫。「墨分五彩」是前人評述墨色變化的高度概括，是由單一演變至多重濃淡不規則的色彩層次，一幅畫的成就在於筆墨運用，除了佈局合理，還要有線條勾勒、肌理皴擦、墨色渲染和適當苔點來配合。而焦墨法是單一用濃墨，不滲入水份暈化濃淡，因此少了水墨中的渲染和張弛的過度感，惟靠線條操控能力極強的運用和以皴擦代替渲染，增加滋潤感和層次感。純焦墨作畫不易，難度在於傳統功力的技法表現，使畫面深淺、平遠、仰俯、虛實的層次變化別於水墨，能渴而潤、能骨而秀，以線條

和皴擦表達極致的筆法。

　　真正把「焦墨山水」全新創作為系統性國畫技法的，是明末清初皖南畫家程邃，他的畫用純濃墨線條構成，以枯筆焦墨寫出後世人評為「潤含春澤，乾裂秋風」的和諧畫面。我未看過程邃的真跡，只見互聯網上有撰文說歙縣太白樓藏有程邃的山水冊頁，連張仃見了都讚嘆說：「程邃的畫剛柔互襯，蒼潤而簡括，結構組合得太美了，是畫中極品。」近代名家潘天壽更認為：三四百年來，迄無人能突過之。

　　現代焦墨法大成者獨數張仃了，張仃藝術面廣泛，集國畫、漫畫、壁畫、工藝美術於一身，兼具理論指導和教育工作，生平創作無數，早年便以郵票設計、年畫設計、宣傳畫設計和動畫片設計享譽民間，後期的張仃以筆墨為國畫底線，堅持「筆精墨妙」的文化根系，倚重傳統筆法創作焦墨山水，使單純的黑與白變出無限豐富的資源，開創了國畫嶄新的風格。

程邃焦墨山水手卷（局部）

我之前對張仃繪畫沒有認識，及後有所了解是因為看到《城市文藝》第四十九期內一篇由王偉明撰寫於二零一零年二月二十六日悼張仃的文章，題為《茫然回首望東明》，文章字數約兩千，簡潔概述了作者與張仃的相知相交過程，把畫家的身體狀況、外貌形象、生活點滴、起居作息、日常瑣事娓娓道來。行文流暢，字句靈活，充份體現了作者運用文字的功力。

悼文吸引我的是提到張仃的學術信念和藝術堅持，作為一個中國畫家他特別注重筆墨，認為傳統功力在於筆墨，須師法自然，提出「筆墨為底線」主張，不認同「筆墨等於零」這種似是而非的另類學說；而在藝術堅持方面，張仃也是一絲不苟，作焦墨畫如是，就算每天練字自娛，也講究行筆氣韻如何結體，對法度編排處處皆按來歷，落款、蓋章和紙張剪裁都精心專意。

自此，我留意上張仃的畫，特別是張仃的焦墨畫。

很多人學習張仃的焦墨法，亦有很多人仿張仃的焦墨畫，有的甚至冒張仃的簽名做成假畫拿到市場上出售，由於張仃的畫有價，偽作便多，張仃生前曾為市面的假作煩惱，一度為此與原中央工藝美術學院組建的拍賣行意見相左，並為該拍賣行拍出兩幅由畫家本人認為偽作的作品而辭去總顧問一職。

我在市場上見過不少張仃的假畫，但大多數都不能與畫家的真跡相比，無論是功力或書法都相去甚遠，更別說

是筆墨的運用，真能仿得像樣點的也寥寥無幾，而張仃的焦墨畫是典型的筆法運用，仿者若無深厚的國畫傳統功力作基礎，根本寫不出好的焦墨畫。有報道指，張仃很反對別人假他的畫用來行騙牟利，曾親自委託好友王魯湘和徐向陽協助他在市場上「打假」，只在二零零四年到二零零七年的短短四年間，便在拍賣會上指認出一千二百餘張假畫。但在張仃過世後，市面假畫充斥，誰可評斷真假？！想來，在市場上要得到一幅張仃的焦墨畫真跡實在不易。

直至上個月初，我在瀏覽互聯網上的拍賣網站時，發現在美國的一個中小型拍賣行的小型拍賣預展上，有一把張仃畫的扇畫，扇是平常的紙摺扇，由十八條篦骨、兩條竹外骨組成，一幅構圖綿密的山水用純焦墨寫出，以線條和皴擦把筆墨發揮得淋漓盡致，左上角有款，寫「太北煙雲——辛未夏日初訪太行八里溝張仃」，太北煙雲四字用

張仃焦墨山水書法扇

小篆體，餘下字數以隸書書寫，鈐白文印一個，印文刻「張仃畫印」，辛未即一九九一年。

我在電腦熒幕把字體放大，字的墨色與畫的墨色一致，畫中線條運用與字體書法行筆相同，字畫同出一人之手，書法屬篆隸混體，篆中有隸隸中有篆，吻合張仃固有字體。書法是最難冒仿的一環，書法家用很多時間從事基本功練習，不斷默默耕耘、勤奮努力，在苦功的積累下才能形成自我體裁，而張仃的功力很深，有自我面目，他的書法仿不了。

拍賣行把扇畫價值訂為三百五十至五百美元，起拍價一百七十五美元，這樣看來是低估了。呵呵！總算給了我一個機會，如此難得的偶然怎可讓它流失，於是，我馬上在該拍賣行的網頁上，調出委託拍買申請表格，填上相關的個人資料，並為該拍品寫下我認為能接受的預設價，看看填妥無誤，把信用卡簽字款式簽上，從互聯網上發回給拍賣行。

之後，我就靜候拍賣結果。

到了拍賣日過後的第二天，我早上醒來，第一件事便是開啟互聯網，看拍賣結果的那一欄目，欄目內已將昨天的拍賣情況詳細列出，有拍出有拍不出，總體能拍出的物品在八成以上，對拍賣行來講是一個不錯的紀錄，我從拍賣紀錄中尋找我要的拍品，雖然所用時間很短，但過程中血液升溫了，心內微微竄起了緊張，所盼的是不超越訂下

的預設價，扇畫能歸我。

果然，是我有運，得老天爺眷顧，網上的紀錄注明以底價成交，換言之這幅扇畫無人競爭，我是唯一競投人。

這類小型拍賣行舉行的拍賣，有好有弊，好者就是價格便宜，弊者就是真假不分，不為售出的物件負責，但吸引人處在於不時出現有買家以低價購得高經濟價值的東西。由於舉辦拍賣者不為物件鑒定真偽，亦不說明是否完好或有破損，競投者只能靠預展看實物，或請專家作鑒定，見貨買貨，貨物出門後不得退回，沒有貨不對辦的問責，拍賣行為自身與客人之間訂立了很多免責規條，作為法律層面上的自保，當然，若是贓物則作別論。

接下來，需要提貨，提貨可親身到拍賣行領取，亦可請拍賣行代為郵寄，郵費由購物人自付。若我去提貨，過萬里的航程那是不划算，幸好我有位朋友早年由香港移民到當地，同屬一區，相隔很近，於是，我請他代為提取，返港時再順道帶回。

過了一段很短的時間，朋友的女兒要到大陸旅遊，途經香港時，把扇畫帶了回來給我。

打開摺扇，呈現我面前是一幅雲峰霧壑相連的「太行山太北八甲溝山水圖」，由茂林秀石、山谷溪流襯托岩上的恬雅村屋而成。畫中山水動靜交宜，清幽的山林和寥寂的房屋使整體的景色融入一個靜字；變幻的煙霞與湍流的溪澗又撐起一個動字，動與靜的融和，似大自然山水真實

般重現於扇面上，和諧的佈局清新怡人，使人感嘆作者的巧思。但另一方面，畫的構建卻暗存張力，以書法用筆如刀刻斧劈，一木一石皆蒼勁雄渾，山崖崗石似迫出畫面。雖然，視覺上存在不同的觀感，卻出奇地統一。

憑藉焦墨枯筆在扇面皴擦，張仃把樹木、山巒、雲煙在黑白之間表現得連綿宏遠，筆法變化在柔和中透出力的張狂，線條圓中具方、方中寓圓，既粗獷挺拔，又秀麗蜿蜒，把長期通過寫生累積於心胸的大自然景觀轉化到紙上，雖說是單一的焦墨運用，但通過皴擦和枯筆的演化，使圖中山水連接緊湊，層次遠近分明，墨色淋漓怒放。

翻過扇畫背面，見有書法，是張仃本人所寫的小篆。書法是以十四個篆字組成的兩句詩句，詩句後另有小字注解——「釋文：文辭華美集群玉，賓客雍和陳庶羞」，署款「它山張仃於京華」，鈐一方「它山」朱文印，一方「張仃畫印」白文印。購買前，由於網上圖錄只刊登出扇畫山水的一面，因而不知有另一面的書法，如今所見，卻是意外收穫，因為張仃書法獨具面目，堪稱書法大家，特別是他的小篆，融合了功力深厚的隸書筆法，筆力剛健雄渾，字體工整嚴謹，展現出高雅大度的藝術魅力。

上星期的一個晚上，國內有位藏家到香港公幹，在港有位朋友盡地主之誼做東接待，請了幾位包括我在內的同好一起相聚，當我接邀請時得知一位久未見面的書法家朋友亦會到來，便決定帶上張仃的扇畫向他請教書法。

當晚的聚會氣氛熱鬧，話題離不開古今藝術，有朋友更拿出新近購得的收藏供各人欣賞，我也乘這機會把扇畫作為交流給大家覽閱，湊巧，座中人對張仃的焦墨或多或少都有所認識，評論起來各有獨到見解，共識處在於畫中的線條勾勒與書法運筆一樣骨力堅致。

我問席上各人：市面上有沒有見過能亂真的仿品？得到的答覆是沒有。那位書法家朋友更清楚地指出難以偽仿張仃的字，概因每一位成名的書法家除了練就出深厚的筆法外，都各自創作出屬於自我的獨特風格，別人仿出了外形仿不了神韻，就算以他八十歲的高齡七十年的練字功力，也不能仿，緣於結殼了，無論寫甚麼字形都藏有自己的習慣。

最後看法一致：張仃的繪畫方式與程邃截然不同，雖同用焦墨，但各據山峰，揮舞出不一樣的天地，是古今不同時代的焦墨法宗師。

第十七章
到台北故宫看畫展

醒得很遲，結了賬離開酒店已是正午。冬日的陽光把街道照得溫暖，穿梭車輛和往來人流襯托着市面繁華，人聲車聲交錯，喧嘩嘈雜，但雖是熱鬧哄動，走在其中卻又覺得融和諧順，這是台北市商業旺區捷運忠孝復興站路段。我拖着行李在街頭懶洋洋漫步，享受着度假的休閒。回程的機票是晚上九點後，有超半天時間空着。

路旁除大百貨公司外，還有很多小店，售賣各式各樣手工藝品、女士化妝品、時裝和日用品，更多的是各有特色的小食店。走到一間餅店門前，剛出爐蛋糕的香氣撲面而來，一縷甜味使我食慾急起，有點餓了。

轉入橫街，嘈雜聲頃刻減了，長似望不到盡頭的大道顯得有點寧靜，雖然也是小店林立，但路人稀少。順行大

約七、八分鐘，一間店子門前的招牌吸引了我，標榜是五十年老店，以賣魯肉飯和擔仔麵馳名。往內看，裝飾雖是老舊，卻潔淨清雅，近門處是開放式餐廚，菜餚樣式陳列着，待顧客挑揀後，當面煎炒，廚師接受監察，讓客人吃得安心。

店內有五、六枱客，都是二、四人的小枱，有四、五張空着。我找了個靠邊的小桌，坐在長條形的小翹櫈上，微有懷舊的感覺。

叫了招牌貨：一份魯肉飯、一碗擔仔麵、一碟地瓜菜。

別的客人點的菜式基本上同此，多了點別的，我只一人，多要了就成浪費。

趁未上菜，我從行李中抽出故宮文物月刊閱讀，這月刊是昨天參觀台北國立故宮博物院時與其他書籍一起買的。

月刊內有一專輯，標題是《幻化毫端無慚古人》，內裏選介仇英特展，分論仇英的設色技巧和傳世名作《漢宮春曉》圖，並有許文美、劉芳如、顏亦謙等學者撰文。

仇英（約一四九四至一五五二），字實父，號十洲，江蘇太倉人，早年任漆工，後以畫為業，移居蘇州後得名畫家周臣悉心教導，盡得其法。仇英早慧，極具繪事天賦，所繪之畫又受以文徵明為首的蘇州文人圈子欣賞，為其題識寫跋。所用筆法博而廣，集眾家之長，擅寫山水、人物及樓閣界畫，他的山石、樹木用色更是濃淡厚薄共融。

仇英《文苑雅集圖》手卷（局部）

我這次到台北，就為着這展覽而來。

這是一個「明四大家特展」，仇英專場是壓軸展。

「明四大家特展」分四季展出，每季一展。以明朝中期活躍於江南地區的名畫家沈周、文徵明、唐寅、仇英四人，作為年度國立故宮博物院有系統地向社會大眾呈現更為完整的吳派傳統藝術樣貌的代表，期望觀看人士更能深入了解受國內外藝術史界高度讚賞的吳門畫派技藝。

我是去年九月下旬，攜內子與友人黃伯夫婦同遊台灣，回程前到國立故宮博物院參觀，意外撞上了唐寅的專展，方知有這樣一個精彩特展的。

所展書畫流傳有序，是清宮遺物運往台灣的藏品。書畫上方大多鈐有明、清兩代藏家和鑒賞家印章，更有乾隆皇帝玉璽及三希堂藏印。

唐寅畫藝精湛，盛名享譽當朝，對後世影響也深，連

乾隆皇帝對他也推崇備至，常在他的畫上題字題詩，每每題完又題，把畫面擠得密密麻麻。

唐寅名字家喻戶曉，我孩時已嚮往，那當然不是他的畫藝，而是唐伯虎點秋香的故事。

特展引發我的興趣，促成我在不到三個月裏跑了兩趟台灣，主因是我藏有一軸仇英畫的手卷《文苑雅集》圖，畫長二百零四厘米，高二十五點五厘米。

《文苑雅集》圖繪製很細緻，視覺上，整體佈局與景觀色澤高度和諧，人物表現溫文爾雅，庭園林木與玲瓏剔透的景石相互呼應，從中反映出作者自身深厚寬闊的傳統功力；藝術上，無論是線條的鉤勒或顏色的染擦，都顯示對技法的純熟運用，將園苑居室與人物景物的交疊結合串得鮮活且富美感，使此圖成為後世難越的超級精品。

為了將《文苑雅集》圖與故宮館藏仇英精品作個比較，我來了。

正細閱文章，香熱的飯菜適時上桌，都以小碗小碟盛

仇英《文苑雅集圖》
手卷（局部）

仇英《文苑雅集圖》
手卷（局部）

載，每樣份量不多，卻適合一人所需。魯肉並非廣東菜式的大塊肉，魯滷雖同音，但實不同。魯肉是將豬肉切成幼細的短條，走油後與紅蔥頭、滷醬汁一起炆，掌控時間不過火，致使肉滑味濃，不油不膩入口甘甜。將滷肉連汁鋪上熱飯面，汁水滲入綿軟的飯粒內，飯有質感咬落不黏齒，好吃極了。向服務員請教，答曰煮這飯的訣竅，是小店的不宣之秘。

用筒骨蝦子作湯底，將肉臊、豆芽、蒜泥混和麵條煮成的擔仔麵，吃來味厚鮮香；地瓜菜即我們香港人叫的番薯苗，雖無甚特別，勝在火猛鑊氣好。

一邊吃一邊翻看書頁，看到顏亦謙論仇英的設色技巧，同感油然而生。畫家作青綠山水畫以石青石綠用色，設色上的深淺過渡、厚薄安排，技法上難度很大，能否駕馭色彩、發揮自如，往往是評家品評的要點。仇英用色匠心獨運，把青綠、淺絳、水墨以工筆和寫意交疊，變化出濃淡輕重，即使一山一石的色階也多重過渡。

論及繪石，顏亦謙提到《漢宮春曉》中的四塊秀石。四塊設在庭園內外的觀賞石形狀不一，各具特色。顏色配置濃淡有變，充份運用青黛、赭石、石青加水墨塗抹，深處渲染，淺處留白，逼出石頭質感。

我拿出隨身的平板電腦，打開《文苑雅集》圖的照片，將其中的石頭與之相較。兩圖之石可謂伯仲，當然《漢宮春曉》圖卷製作更大，是仇英巔峰之大作，縱三十點六公分，橫五百七十四點一公分，以絹本繪寫。

《文苑雅集》雖亦精品，相比之下製作算小了。不過，《文苑雅集》把仇英的才藝發揮得淋漓盡致。畫從園林通道起，上有古壯垂柳，兩旁景石塘荷相伴，通道中兩名侍從隨一位文仕赴會；通道前行曲折，塘荷蓮花初放，更有鴛鴦戲水，前去庭園綠蔭，一文仕把酒倚欄賞花，另有侍童持壺待喚；堂內三文仕圍枱而坐，一人正張開手中卷細閱，一人執筆書寫，一人悠然自得枕枱看繪；中堂兩文仕對坐看書，似正研究學理；右側有棋盤戰局，兩人以圍棋對弈，另一仕作坐上觀，一旁還有兩童侍候。整張手卷有人物十五，其中侍者五個，文仕十人，以室外的荷塘蓮花、垂楊古柳、景石芭蕉、梧桐秋葵穿插於室內的文人雅聚，更將屏風掛軸、階石圍欄作畫中畫襯托，此卷堪稱傳世佳作。

仇英善於臨摹前人畫作，山水樹石、人物樓苑無有不精，且兼收各家所長。《文苑雅集》圖佈局位置合乎矩度，

筆墨設色巧細絕倫。樹石鉤寫近劉松年，密舒有序；庭室擺設類趙伯駒，界畫入微，人物用筆儒逸傳神、情秀體雅，相較宋元名賢不遑多讓。

當然，我到國立故宮博物院，非只以畫相論，緣於《文苑雅集》圖並非留傳有序，幾百年來所歷何人之手，哪個曾經收藏，不見記錄，卷內亦無留下提識印墨。從鑒定的角度看年代：鈐印用的泥料屬明代傳統不含油；所用的畫絹，與《漢宮春曉》圖相同，都是蘇州織造的上等料。畫的表象多處曾受黴菌侵蝕受傷，後受診治修復，重裱。重裱工藝卓越，匠心靈巧，手工細緻，屬傳統蘇裱，時至今日，綜觀蘇杭已難越此藝。更為獨特之處是用料極佳，襯裱所用的綾緞，在清中後期的字畫裏已不再出現。我來，是想通過賞閱仇英這批存世畫作的裱工和用料，以增進自己鑒學知識。

想起昨天我在展館內觀賞，看到多張仇英畫作用以托裱的綾緞，與《文苑雅集》圖的圖案一樣，有的還在畫邊綾緞上蓋了章。這些章多是乾隆皇室的，其中最能表達時代性的是一種叫「騎縫」的章；這騎縫章半邊壓在畫上，半邊壓在綾緞上，很明顯是書畫裱襯好後才鈐印的。這些展品都是清宮舊藏，有明確的斷代性。

據此引證，吸收了鑒賞知識，且能舉一反三，得到的比我來時要求的還多。

另外，展館也將仇英女兒仇珠和女婿尤球的畫一併展

出。仇珠、尤球畫藝由仇英親傳，所行技法深具仇英影子。仇珠別號杜陵內史，善寫人物，精工秀麗，筆意不凡，敷染技藝沉靜洗練不媚俗，為明代女性人物畫家的代表者。尤球別號鳳丘，也善人物畫，傳承仇英麗逸風格，筆墨雅致簡潔、利落瀟灑，線條柔韌流暢，繪仕女更見清秀工麗。

歷代品評鑒賞者稱讚仇珠、尤球盡得師風，今日故宮以明人王穉登於《吳郡丹青志》寫仇英繪仕女「髮翠豪金，絲丹縷素，精麗艷逸，無慚古人」之句來形容，也深表推崇。

我對比他們師徒的作品，見及誠如仇珠、尤球這樣受後學稱頌的名家，也未能青出於藍，在設色渲染上稍遜渾厚變化，在線條鉤勒中仍欠犀利靈巧。當然，這或許與他們只承傳了仇英藝業，而未創出自身風格有關。

此行目的達到了，有滿足感，心情自然輕鬆，飯菜的味道格外香濃，輕嚐慢咬一頓飯吃足兩小時，盤羹點滴不留。別的枱已換了兩、三撥客人了，我這才留意到小店只得三個員工：一位是六十來歲的婦人，負責收拾碗碟、抹枱掃地；一位四十出頭中年，控制兩個爐火，兼顧煎炒煮炸；一位女士年約三十五六，管理銀櫃、送茶遞水兼落單執碼送餐。三人工作合拍，有忙互相幫，手無半刻停。

難得三人都以笑容禮貌待客，來光顧者大多與他們熟落，從穿着看似是街坊近鄰，無論新客舊客都有親切感。

這樣的小店能延續五十年，且生意仍然興隆，實是功在誠與專。真誠的態度和專心的工作養育出敬業樂業的精神，贏得食客的讚許和尊重。

　　我沒有問，但相信這三人應屬一個家庭。

　　離開小店，我乘捷運去桃園碼頭，奉太太之命去買她愛吃的小小藍魚，這是大任務，上機前我必須買到。

第十八章
白陽花鳥畫

　　已過了午夜，我仍然未睡，正專注在互聯網上瀏覽。

　　我的工作，要早起，不適宜夜驅。但我的喜好，卻經常使我徹夜不眠。

　　我喜歡觀看不同網站上載的中國藝術品拍賣預展，看到合心意而價格合理的，我會落標競投。當然，我只遊閱於中、低級的拍賣行，希望能買到完美、便宜的藝術真品。

　　由於不同的門類多若繁星，一般中、低檔拍賣行難有出色的專業人員把關，對上門要求拍賣或經中介收回的物品，不能準確鑒定真假，只能約莫開出一個價，相比真的藝術品是便宜了，但若是假的卻又貴了。反正，爭議的責任不落在拍賣方，購物者只能靠自己的眼光。因為拍賣行刊印的拍賣圖錄普遍都有規條聲明，不負售後責任，真假

由買者自行鑒定。

　　網站雖多，但我只會查看歐美聯網，只為在洋人的拍賣行，尚可找到平價真品，若在香港和大陸，就算見到好東西，也輪不到我出手。

　　經過一段較長時間的用功，熒幕終於給我呈現了驚喜。從美國三藩市一個譯音叫「卡士」的拍賣行網站，見到一張明朝中期的彩色花鳥畫。這畫用淡牙黃色絹作單色襯裱，裝裱年份不算久遠，但從畫面多處地方看到補痕，且看得出經多次翻裱而成，工匠選擇補紙不補色，維持原貌，修補工藝尚算不錯。由於這畫主要受損地方在右上角，對整體來講不算太大傷害，從古舊字畫的角度看，這損壞程度還可接受。

　　此畫長約四十四寸，寬約二十一寸半。由菊花小石及葫蘆瓜藤葉攀纏小樹作景，襯托一隻鴉鳥爪立小樹橫幹上、俯身目注下層椏枝正在鳴唱的一隻織機郎（南方昆蟲，叫聲如同古老織布機運作的響聲），織機郎似被自己發出的高音所陶醉，

明陳道復《花鳥圖》

渾然不覺危機迫近。

可用「生動傳神」來形容此畫。

畫的左下方靠近邊線處，有一豎行署款：「白陽山人陳道復。」

《中國美術家人名辭典》記載：陳道復名陳淳（一四八三至一五四四年），字道復，長洲（今江蘇省蘇州）人，後更字復甫，號白陽，又號白陽山人。

陳淳是明代中期書畫大家，書法與文徵明、祝枝山、王寵齊名，並稱吳中四家；畫以大草書寫意，與以狂草入畫的徐渭，被世人並稱為「白陽、青藤」。

陳淳的畫對後世寫畫人影響尤深，形成「白陽」一派。

拍賣行對這畫的估價是六百至九百美元，起拍價三百，所值不及一幅新仿偽作。總算沒有白花功夫，能找到一幅明朝珍品真跡，今時今日真是談何容易！

於是，我投標八百，用作購畫資金底線。

離正式拍賣日尚有幾天，我既已選擇了標的，能否購入，已不是我可控制的，也不再為此思想了，把專注轉回日常工作，讓心緒朝向另一面，這樣，身體和人生觀都能得到裨益。

幾天後，即拍賣活動完結翌日，我從網絡上得知，陳淳的花鳥畫以六百美元賣出，由於並未高出我的落價，估計畫應該歸我奪得。

心內的高興，不難形容，少錢買得大價物，實在是自

我專業的肯定。

試想五、六百年前的紙本，存世至今能有多少？

今日，看到明一代白陽畫派宗師的丹青，在新假舊仿雜亂的紙堆裏求售，黯然受屈，不免唏噓。

還好，我能買到，算得上有緣。

網上投標有兩個重點要費心，一是要辨識真假，二是辦理提貨。辨識真假那是當然，而辦理提貨卻由於二、三線拍賣行多不願提供售後服務，須顧客自行提取貨物，貨銀兩訖，出門後互不關聯，雙方免卻爭議。但是，涉及物件來源的合法性，或是否為當地法律定為違禁品，那得另作別論。

確定了我是得主之後，便給當地一位相熟的行家打了個電話，請他代我到拍賣行提貨，並囑咐拿到畫後快遞送來香港。

過了兩天，接到那行家來電，說是貨已提取，並準備前往寄運，但提貨時遇上一事，突然兼且有趣。這事，發生在提貨當天，情緣如是：

當行家到達拍賣行，向職員出示提貨單據時，那職員一看拍賣品編號，也不去查取貨物，徑自走入經理室。一會兒，一位拿着單張信件、略為肥胖的西服中年男士，匆匆走到該行家面前，自報是拍賣公司主管，受人所託，禮貌地將一信轉交與提貨人，說寫信人是公司貴客，請拍賣行轉達要求，希望物品新主能考慮信中提議。

行家接過信後，見這主管無意離開，頓覺對信上所求頗為重視，有點意外，唯有先開信閱讀。

信用電腦打在 A4 紙上，大意是：

敬啓者：

你好，恭喜你昨天，星期日，在「卡士」拍賣行投得編號 #8008 畫有鳥類、昆蟲與葫蘆（「陳道復的風格」）的水墨畫。而我也是這幅畫的競投者，當時正在美國聖塔克魯茲（Santa Cruz）的醫院探望患病的朋友，抽空在停車場遙距競投，當你出價六百元時，我緊接着以六百五十元出價，隨着錘聲的回響，我認為我已拍得了貴寶。但結果並不是這樣。

不管怎麼説，它令我震驚。既然已成事實，我不能為此結果提出異議，也不想去爭議。但無論如何，我還是想將我競投的原因告訴你：

我業餘是一名藝術家，曾在本地向 Karen LeGault 老師和其他老師學習水墨畫。我真的喜愛傳統的中國繪畫，特別是此類花鳥畫。我視鳥為知己，尤其是八哥最得我心。另外，這畫的起源／來歷同樣吸引人，至少可以這麼説。我會珍惜，從而學到更多。

還有，我曾是幾個傳統中醫學刊物，包括闡道（Gateways）、美國中醫學基金會的公眾刊物（創辦人在加利福尼亞合法使用針灸療法）的編輯，帶動了中西合

璧的研究。我很樂意說得更多，但我只想說，我關心的是保護及推廣我所欽佩的中國傳統文化。

我本認為這幅畫是我的，但不知甚麼原因變了不是我的。因此，如果你願意出售或甚至只是想進一步了解，請聯繫我。我很樂意討論這個問題。非常感謝您的聆聽。

Re: Clars lot #8008

To whom it may concern:

Hello, and congratulations on winning the bid from the floor of Clars yesterday, Sunday, on lot #8008, the brush painting ("manner of Chen Daofu") with bird, insect, and gourds. I was also a bidder, and had to do so remotely from a hospital parking lot in Santa Cruz, taking a break while visiting a sick friend. I bid $650 at your $600, and thought I had won via the online auction platform Invaluable. Imagine my surprise.

Anyway, in some shock, I managed to snap a photo of the screen as it sped by, showing the amount I bid in response to yours, the bid that closed the deal from the floor. I can't contest the results, and wouldn't want to, anyway, but here is why I bid at all.

I am an artist, when not working or involved in family care, and studied brush painting locally with teacher Karen LeGault and others. I truly love traditional Chinese painting, especially with this sort of subject. As a bird-being myself, this insanely focused, bewhiskered mynah especially captured my heart, and its provenance is equally charming, to say the least. I would treasure, and learn so much from, such a work as this, and it would have a select and highly appreciative audience.

Also, I am the former editor of several journals of traditional Chinese medicine (TCM), including Gateways, a publication of the America Foundation of TCM (the founder of which was instrumental in bringing acupuncture to legitimacy in California), and worked to bring eastern and western modalities together for study. I would be happy to say more, but suffice it to say that I care about preserving, and much admire and promote, traditional Chinese culture.

In any case, I am not sure what happened, but I thought the piece was mine until somehow it wasn't. Therefore, if you are willing to talk about a sale, or even just further viewing, please contact me; I would love to discuss it. You shall have a fabulous and singular calligraphed haiku for your trouble, no matter what!

Thank you very much for listening.

花鳥畫拍賣競爭者的信

這封信的結尾無日期，無姓名，亦無簽署。一般人看了會覺得寫信人的目的使人迷惑，既若想要得到這畫，最基本的做法是把名字和電話留下，以便收信人聯絡。

其實，有不成文的約定，作為仲介的拍賣行當然不希望客人繞過拍賣行而私下交易，這樣或有損仲介的利益，除了佣金外，亦可能會失去客戶。我朋友作為資深行家，自然明白其中道理，便用手機把信拍攝下來，然後將原件退還給那主管，並告訴他這畫的買主在香港，自己只是代為提貨，不能為這事作主。

行家禮貌向主管告別。提着畫，離開拍賣行取車，還沒進入停車塲，遠遠就見到一位女士站在自己的車旁，正向着這邊凝望。行家內心發出微笑，知道那女士衝着手中畫而來。

走近了，看清楚了那女士的外形，是一位五十過外樣貌娟秀的西婦，穿灰色素身連衣裙，衣衫雖簡樸，但大方得體，從外形設計、衣料選擇、裁剪手工都看得出是高級而有品味的時裝。

西婦主動打招呼，自我介紹說她叫蘇珊，職業係製藥商人，對中國文化有濃厚興趣，經常與書畫專家研究書法畫藝。並重複上述信中所提到的，此畫本該是她所得，但不知何故，最後不屬於她。

行家回答：知她也是拍賣行常客，但當日不在現場，不知現場情況，這類事常有發生，有例子顯示，曾因電話

音頻接收故障，單邊有聲，所以出現場內場外不一致的狀況，這亦算意外。

西婦說：「我不知怪誰，但我真的很喜歡這張畫，你可否轉讓給我？」

行家告訴她，自己不是物主，物主在香港。

西婦轉而向行家請求即時致電香港，與物主聯繫，希望物主可割愛，並謂可用現金二千美元外加現代書法大家啓功先生的大幅書法作兌換，當然，亦會奉上中介佣金。

行家感覺西婦要求有點兀然且不算合理，腦內稍為轉了一下，便微笑着對西婦說：我不能給你一個假希望，這趟電話我不會打。一來香港物主是收藏家，藝術品只買不賣；二來香港與三藩市有時差，已過午夜，不便打擾。況且，物主和你我都知道五百年前留下來的一代宗師陳淳花鳥畫真跡，其藝術價值是不可以估量的。

西婦聽出行家言外之音，便知難而去。

聽完行家敍述，明白西婦在感覺上，認為是她應該得到的而變成不屬於她的，心中不忿，她的要求亦無可厚非。知道成交價而提出交換條件，對她來說是理智的，但是否接受，就要看對手對物件的認知了。

大約一星期後，我收到寄來的畫。

我把畫展開，掛在牆上細心觀賞，雖然經歷歲月風化，畫中彩墨依舊艷麗秀雅；鴉雀昆蟲用筆工整精細，毛

翅纖毫畢現，線條鉤勒、色彩染點多以中鋒運筆，筆力柔和中見硬朗；襯景的小樹橫枝、葫蘆藤葉，運用大草書法入畫，寫意益然。

畫內有數朵菊花，花的葉瓣用黑線勾邊白粉着色，可想像畫成時多麼嬌艷奪目，可惜如今粉彩大多已掉甩，褪色了。

我查找勞繼雄先生編著的《中國古代書畫鑒定實錄》作對比，書出版於二零一一年一月，由謝稚柳、楊仁愷、啓功、徐幫達、劉九庵、傅熹年、謝辰生等七專家組成的鑒定組為此書鑒定。

在書中第一六七頁，找到首都博物館藏（董幫達原藏）陳淳所畫的《菊石圖》真跡，內中的菊花景石與我面前的掛軸，行筆寫形手法同出一轍，兩畫實為一人之手。

搞收藏，不一定必向一級拍賣大行伸手，在外國的二、三線小行常會得到意外收穫。能用功，必有回報！

今天得這畫，我算是多了一份身外物品的收藏，同時也多了一份心內藝術的收穫。

第十九章
青銅方罍

漢代青銅牛形燈

　　我新近買了一盞
燈，一盞銅燈，一盞
戰國兩漢時代的青銅
器牛形燈。

　　一向以來，我很少接觸青銅器，了解不多，實物更少
上手，主因不感興趣，只是偶爾在博物館作走馬看花般瀏
覽。當然，文字上的歷史還是知道一些。

　　青銅器，是指夏、商、周三代時期以紅銅和錫鋁合金
製成的銅製品，在我國已有四、五千年歷史。黃河長江中、
下游地區，經考古挖掘，多處遺址出土了青銅器物件。兵
器、容器始於夏代，發展至商代中期，青銅器種類已很豐
富，形成了禮器、容器、兵器、樂器、車馬器等造型獨特

系列，不少器物此時開始出現簡單銘文，使用較多高浮雕裝飾，線條輪廓圓渾清晰；到了商晚期至西周早期，青銅器如百花齊放，器型多種多樣，銘文增多添長，一件器物往往出現兩

商代時的青銅器

處銘文，紋飾富麗繁縟，器體莊厚凝重，這一時期是青銅文化最輝煌燦爛時期；之後，春秋晚期至戰國，鐵器使用逐漸廣泛，取代了青銅器，銅製的用品如兵器、工具等漸次減少，製型、紋飾已簡化，由此走向沒落。

由於每一器都以手工製造，雖然許多物件雷同，卻都是獨一無二、舉世無雙，沒有兩件是一模一樣的。

以銅為質料造出來的器物，初鑄成後一段較長時日，表質華光奪目，金黃色的艷彩散發着嬌美亮麗，經過歲月風化或隨葬土侵，逐漸被鏽蝕，退光甩色，失去了原有色澤，變得暗淡啞然；然而，隨着年代遠去，器物表面卻漸漸積聚了一層另類色彩的艷麗——紅斑綠鏽，這種讓人眷愛的美，帶着古樸淒迷。

我買下這牛形燈的同時，還買了一件外形奇特但帶

未清理前的商代晚期方罍

有輕度損傷的青銅器，價錢很便宜，可惜被沙土嚴重侵蝕，已失去外觀的美感，我把它送了給同行的好朋友。

不料我這朋友卻是有心人，拿回家後細心浸入清水裏，每隔幾天就用錘去輕挑細鑿，器物外表的紋飾漸次顯露出來，清晰可觀。

他重新拍照傳來給我，並告訴我他翻查資料後，知道這器物名稱叫「罍」，是一個方罍，大約在商朝晚期製作。而且，在查閱資料同時，看到了一則傳奇的真實趣聞，願與我分享，感受當中趣味。

他說他翻查資料，不看不知，一看嚇了一跳。原來當今的青銅器拍賣，以方罍成交價最高，紀錄直到今天仍在保持。

罍是商晚期至春秋時期的盛酒器和禮器，至戰國時已不再見有，其體形有方體和圓體，工藝繁複，形製奢華，代表了當時世界上最先進的科技成就。

朋友描述了一個稱為「罍之王」的方罍故事，方罍的全稱叫作「皿天全方罍」。帶出故事的是二零零一年在佳士得拍賣行舉辦的一次拍賣，由一位法國買主高價投得方

罍，成交金額達到九百二十四點六萬美元，這是世界拍賣市場最高成交紀錄的中國青銅器。

目前，世界上還沒有青銅罍器可媲美這件方罍，它無論外形設計還是科技工藝都是最好的，器身通高六十三點六厘米，方口、直頸、高圈足，全器以雲雷紋作地，飾有獸面紋、夔龍紋、鳳鳥紋，四面邊線飾突出的長條鉤戟形扉棱，集立雕、浮雕、淺雕於一體，器身刻有「皿父乍尊彝」五字銘文。

更難得的是，全器顏色黑亮，是古玩行業術語中的「黑漆古」，這種特殊的黑彩，要在帶酸性的腐蝕環境下過千年才可形成。

法國人還有遺憾，因這方罍不是完美的整體，他得到的只是器身，沒有器蓋，不過，他是商人，知道奇貨可居。

這方罍很有來頭，自出土後，就身蓋分離，各自留有精彩的歷史痕跡，聽來饒有趣味：

　　方罍於一九二二年在湖南省桃源縣漆家河出土，當時因連日暴雨沖刷，在山澗溝邊得以重見天日，被當地一個老農發現，拾取回家收藏。由於外形精美，很快被廣傳開來，湖北的一位石姓商人聞訊趕來，看到巧奪天工的方罍，被其神韻所懾，也不問價，即傾囊而出，將身上所攜的四百塊銀元盡數交出，買這方罍。

呵！四百塊銀元可不是小數，當時一塊銀元在大上海可買七斤肉，一個四口之家的生活費不到四十塊。

　　適逢老農的長子外出回家，見這商人願出如此高價，覺得事有蹺蹊，心想莫非是個大寶！於是叫父親不要急着出賣，先拿去向當地一個有見識的小學校長查詢，邊說邊伸手去抱。石姓商人正在察看這罍身有無裂損、有無修補，一聽這話心內大急，忙說：錢已付了，器物歸我不能拿去！說時雙手緊抱罍身。老農之子也不答話，搶手抓起罍蓋，轉身出門。

　　那校長，姓鍾，外江人，早年也曾走南闖北，頗有見識。問明來者原委，知道本意，接過罍蓋細心檢驗，確定是絕世古物，校長也不解釋，轉身入房內拿出八百塊銀元，交給老農之子作為購罍之資，並叫他速回家將罍身拿來，但罍蓋要留下。

　　老農之子還未回到家，消息先傳回，石姓商人匆匆把罍身抱走。從此，方罍身蓋分離，天各一方。

　　石姓商人回到湖北，轉轉手就發了大財，以一百萬大洋（銀元）將罍身賣給了上海大古玩家李文卿和馬長生。二位大古玩家買前深知此器非同凡響，商訂到手後即運去美國，轉賣給石油大亨洛克菲勒，當器物一到岸，洛克菲勒即付八十萬美金購下。為了配成全器，更出價十四萬美金，託中國古董商人買蓋。

　　寶物有價，此時，事已在社會曝光哄動，湘軍團長

176

周磬索性搶奪在手，據為己有。

有古董商找周磬，周磬索價五十萬美金。洛克菲勒聽到後，雖覺得錢尚可出，但搶回來之物不便要，示意古董商不再傾談。到此，這罍失去了蓋身合一的機會。

洛克菲勒得到罍身後，一直未能配上原蓋，可惜之餘放手出讓，輾轉經過盧芹齋、姚昌復、包爾祿等多位世界級的古董商和收藏家之手。到了一九六一年，日本古董世家淺野剛將這「皿天全方罍」著錄入《中國金石陶瓷圖鑒》內。

另一方面，當時的大軍閥段祺瑞亦得知方罍出土，指示「嚴令追繳」。但周磬拒不執行，採用拖延手法，使中央政府和地方政府未能成功收繳。最後周磬被捕（是哪個權力機構抓他，這裏不述），才把罍蓋交出，一九五六年由湖南省博物館收藏，保存至今。

而被稱為青銅器之王的方罍罍身，二零一四年三月十九日再次出現在佳士得的拍賣場。但在開拍的前一天，紐約佳士得拍賣行發表聲明，稱該罍由賣家與中國湖南省收藏家群體，雙方達成協議，送歸湖南省博物館作永久收藏。

原來，當湖南省的收藏家們知道這個方罍在紐約舉行公開拍賣時，就奔相走告，組成代表團，與拍賣行交涉，阻止拍賣，決心將國寶落坐湖南。

由於代表團把湖南省博物館藏有的罍蓋，以 3D 技

術列印成模型，非常契合地與罍身相連，使佳士得與賣方認同皿天全方罍的最終歸宿，願意以低於預估拍賣成交價的一半價格，達成協議，而購買方在協議內亦作出承諾，永絕拍賣會場。

事後，湖南省博物館發表公告，感謝有關公私單位和熱心人士，通過與佳士得及前方罍擁有者作積極的溝通，以二千萬美元促成此青銅重器「身首合一、完罍歸湘」，使顛沛流離的珍寶能回到故里。

古玩業界流傳着很多或淒迷或熱鬧的傳說，真真假假不易考究。而這故事既傳奇又動人，還是一個真實的穿插於近代與現在的歷史事件，當中提到的人物中，有些更在國際社會上享有很高知名度。方罍流傳有序，其考古價值、藝術價值、經濟價值均受世人重視。

我這送出的方罍，是一件尺寸不小的商代後期的盛酒

春秋時的青銅器

器，全高度約有十七點五寸，罍蓋如廡殿頂形，方口，方直頸，粗寬方腹，外撇高方足。全器以雲雷紋作地，面飾獸面紋及多組夔龍紋，四方邊角及四面中心設有分段凸起的八條長條形扉棱裝飾，器身遍佈紅斑綠鏽。

清理中的商代晚期方罍局部

　　現時我們在市面上，見到很多的青銅器偽仿製品，但那些人為的做舊方法使銅器表面出現的鏽蝕，是不能與真器那種自然土蝕風化相比，皆因真器在泥土下密室中經過千年時間氧化，器表形成的金屬鏽密度高而有光澤，化學變化使銅質糟朽，鏽蝕入體，鏽質堅硬牢固。而新仿偽器通常以化工原料快速腐蝕方法，製造表面鏽色，表現輕浮，沒有層次感，色澤灰啞暗滯不帶金屬光，由於疏鬆不牢，受敲擊下，輕易脫落，而露出新鑄銅質。

　　夏商周青銅器難仿易辨，只要花點心思在銅質、器型、紋飾、工藝、銘文這五大類別上加以鑽研，便能不受誤導。

　　今次買這牛燈前，我先做了功課，對比了戰國後期及

西東兩漢時期的各類型油燈，經過了解小心求證之後，確定牛燈是漢代青銅製器，並且外形美觀，無損無缺，於是才在售價低廉吸引下購入。

　　鑒於中華民族的文化藝術博大精深，自古至今留存下來的藝術精品數以萬計，瓷、銅、竹、木、布、紙、石各類型的物件遍佈世界各地。愛好者，只須處處留心，必有收穫。

清理後的商代晚期方罍

第二十章
民國藝術瓷

　　近日，從一個結業多年的古玩商人手上，用三百元買了一個壽星公瓷像。

　　這瓷公仔面目祥和，造型別致，由肩至腳圓桶形立身，舊式雕塑，手工插頭穿耳，身披啡黃釉，拳中無杖，握了一枝纖幼老竹，這竹與壽星公外形格外相襯，高約一尺，典型民國所造。翻轉底部，有一印，刻曾龍昇製。曾龍昇是瓷塑高手，所雕刻的製品在當時就價值不菲，不乏商號廟堂用於陳設供賞。

　　瓷器，在藝術發展軌跡上，到了民國，迎來了一個新的高峰。無論是造型創製或是雕瓷技藝，都比歷代花樣多，藝人們可憑所想自由發揮創意，用新的概念轉成新的產品，創造了很多前所未有的藝術結晶。

民國瓷所指是一九一一年大清國覆滅至一九四九年中華人民共和國成立前製作生產的瓷器。而這段時間的國號叫中華民國，因此稱為民國瓷。

承接清代末年，景德鎮製瓷窰業均在不同程度上採用機械化或半機械化製造瓷器，器體規整劃一，厚薄均勻。石英、瓷泥經過機械處理，胎質變得更精細堅實，又由於釉料的純度提高、雜質減少因而更為明淨光亮。隨着引用煤、氣、油取代原有柴火提升燒窰溫度，燒成後的胎泥完全瓷化，少見變形。

燃火的物料改變，溫度可以調控。另一方面生產工具改變了製造技術，工序雖無減少，但成品的質量卻大大提高了，出窰的瓷器少有燒壞，且釉面瑩潤可光澤鑒人，產品更日新月異。

景德鎮作為全國最大的瓷器生產地區，窰場高度集中，商人每日穿梭來往，成品銷售全國各地，甚至世界各國。各路製瓷名工匠、巧手藝人相繼湧往，乘着製瓷技術和瓷質的提升，創造很多新型的藝術觀賞瓷。

觀賞瓷主要用於陳列、擺設，部份亦作日常使用功能。主要分為立器、雕塑、瓷板。立器以瓶、樽、缸、罐、盆、碗、杯、香爐、壺為主，其次有缽、盒、文房用品等；雕塑有佛像、人物、走獸、魚蟲、家畜、像生瓜果，另有舟船、算盤、樂器等；瓷版即指瓷板畫，是藝人以顏料手工繪畫到瓷版，將國畫從紙絹移植到瓷器上。

瓷版畫常裝嵌成掛屏、插屏、圍屏作陳設以供人欣賞，其美術同樣可用於立器，我藏有一個正方形筆筒，約六寸乘六寸，有四個平面，邊沿用藍色料彩鉤寫纏枝蓮花作裝飾，每個平面繪寫一幅新粉彩畫，由四位瓷畫名家執筆，分別是王琦寫人物「申公說法」；鄧碧珊寫魚藻「富貴有魚」；汪野亭寫山水「秋山隱逸」；程意亭寫「雙壽圖」，四幅都是方寸寫大畫，器底寫「江西瓷業公司出品」八字紅款。

四幅都可說是瓷畫中的精品，除了鄧碧珊所畫魚藻別具一格外，其餘三幅內裏均有山石可作對比，但行筆皴法各異，似乎誰也不能把誰比下去，

程意亭畫粉彩九桃花鳥方形筆筒的一面

王琦繪山水人物方形筆筒的一面

就像高手落場表演，各自打出真功夫。四幅畫都繪寫得華麗堂皇、色彩斑斕，拿之與宣紙、絹本相較，也是毫不遜色。

　　在這筆筒之前，曾買過一個獸耳方瓶，瓷質優美，民國貨，近尺半高，也畫四幅名家作品，分別是王大凡的人物、汪野亭的山水、劉雨岑的花鳥及何許人的雪景，畫工算是不錯，似是匠人按原作臨寫，當然還是有差距的。後

劉雨岑書法蟲草長方形香筒（正面）　　　　劉雨岑書法蟲草長方形香筒（反面）

來，我覺得不適宜作收藏，賺了點錢轉手賣了。這種同代冒仿的瓷器早年所見不少，但近年已少見了，此模擬度高的產品，在古玩市場上有價，因真品難求，一般藏家也不易分辨，不少人是見瓷器造型好、畫工美，自認是真貨，便抱回家作收藏。

民國的藝術觀賞瓷一向以來都有其經濟價值，且一路走高；之所以受世人喜愛，原因在於有大批瓷畫家支撐，他們用藝術和創作將宣紙上的國畫移植到瓷面上，由清末至建國，整個民國時期，全賴有這批藝術家和瓷畫家，其中最具影響力的當推珠山八友。

珠山八友是當時已享有盛名的瓷畫家，他們志同道合常走在一起，談詩論畫把酒唱和，各人既是畫家又是書法家，更不乏文學根底好之人，相互配詩配畫。到一九二八年（戊辰年）成立了對瓷業界別影響頗大的「月圓會」。「月圓會」每月訂在農曆十五之日聚會，很多業界全人出席，亦有不少慕名而來的賓客，賓主同歡，於是珠山八友名字更為廣傳。

其實，珠山八友只是一個統稱，亦係月圓會的群體，人數不止於八個，他們計有王琦、王大凡、鄧碧珊、汪野亭、程意亭、劉雨岑、畢伯濤、何許人，田鶴仙及徐仲南，外加汪大倉、王步、湯志湯等多位名家參與配畫，這就是一個八友群體。

民國瓷畫以新粉彩的艷麗取代了逐漸式微的淺降彩，

淺降彩盛行於清代後期同治至光緒年間，其彩以淡赭、花青渲染，水墨鉤勒皴擦，形成濃淡相間的淺色釉上彩畫。舊粉彩上色前需要用玻璃白在瓷上打底，淺降彩不用，可在瓷胎上直接繪寫，由於兩彩中的墨料不同，直接影響了燒成品視覺，粉彩寫成後覆蓋含鈷料的「雪白」釉，出窰效果深黑而亮；淺降彩不用「雪白」，配以鉛粉，燒成後水墨渾化而淺淡，很有宣紙上寫畫的效果。

新粉彩和淺降彩都適合在瓷胎上寫畫，只是淺降彩淺淡不夠艷麗而且容易掉色，新粉彩沒有鉛粉也少了顏料中的化工毒素，燒成後色彩耀目、明亮照人。因此，在陳設觀賞上，淺降彩便被新粉彩取代。

多年前，一個星期天的中午，路經上環老何店舖，見舖內堆了很多古舊雜物，其中有多塊瓷版掛屏，於是入內觀看，老何是室內裝修包工頭，承包工程時亦順帶幫僱主置換傢俬，換下的雜物舊傢俬，老何作下欄或付少許錢便拿走，歲月積累，店舖成了雜貨舖，老何成了半個舊物器買賣商人，當然，亦經常有點古玩流通。

我在瓷版堆中見到了一塊由劉雨岑畫的花鳥畫，長約十五寸半，寬約十寸半，畫面上有桃花，下有游魚，中間主體石上站立一隻彩鳥，彩鳥俯身注視水下游魚，魚兒悠然自得，署款雨岑，鈐白紋「竹」字印。整體構圖自然美觀，是一幅經過了改動的芥子園畫譜中的花鳥圖案。

劉雨岑喜用「竹」子印，這與他名號無關。他的晚輩

劉雨岑粉彩花鳥瓷畫

王錫良大師曾詢問何故，劉雨岑答自己喜歡竹，用竹字寫成印章好看。

這幅瓷版畫上的桃花，是劉雨岑運用自己所創的「水點桃花」技法畫成，將花朵盛開的燦爛充份展露，方法是用桃紅色釉料，直接點落尚未乾定的玻璃白花形底釉上，使兩釉交融渾化，燒成之後，顏色真花無異，枝幹與花朵用沒骨法寫成，確是劉雨岑大師晚期的作品。

既然鑒定是真品，心中便有意買下，問老何對這畫如何評估，老何失覺我在問價，答我說，對瓷畫沒有認識，不知真假，況且剛收回來，還未找人幫眼，只憑視覺感受這畫無論構圖、色澤與畫工都很好。

我再問老何價，這次他聽清楚了，說每件瓷版三千，唯獨這件四千。我也不還價，隨即付了錢，把畫拿走。

日前市面上流通的珠山八友瓷器仿品中，劉雨岑的花鳥畫確實不少，由於他的畫好價，仿製橫穿整個民國同代時間，時至近年，仍然有他的新仿品出現。

定一件民國藝術瓷器，首先要判定胎體燒造時期，外

加造型、釉料、畫工等一系列要素，方能歸類。就以瓷版畫來講，一般成名的瓷畫家，出自對自身名氣的負責，不會隨便率意用質量差劣的瓷板繪畫，基本上都是選用釉面明淨均勻、光結凝脂、色白柔亮的高質板，尺長以上的民國瓷版版面較厚，豎條支燒，直至六十年代的下半期，因燒窯技術改進而變薄，後來以電爐燒製，工藝穩定，就不再使用豎條了。

到了今日，民國藝術觀賞瓷的經濟價值隨着收藏者爭寵，已在急速高升，名家瓷更是動輒萬元價計，在香港或國內已難有機會以廉價購得，唯在海外或還找得到意外收穫，皆因，這近百年來中外貿易頻繁，瓷貨出口無數，觀賞瓷更是出口主要貨品類別，散遍異域各地。有心者，可在國外搜尋。

去年夏天，到美國洛杉磯旅遊，在一個偶然機會下，得到了一塊由王步畫的墨彩塘虱魚瓷板。記得那天中午，朋友到酒店接我去午飯，路經一間鐵閘舖，朋友想起後門鐵閘因日

王步墨彩塘虱魚（瓷板）

久失修已毀，要換新閘，便停車詢價。我借用洗手間入內，見通道上掛着這塊瓷板，因畫工精美，停腳留心細看，發覺是王步真跡，當即轉身出門外，議價求售。鐵閘舖老闆相當爽快，也不多講，以我意想不到的低廉價格成交。事後言談間，老闆告知這畫也是得回來不久，因不懂，轉手賺我二百美元。

王步名氣大，有青花大王美譽，所畫釉下青花意筆花鳥，如宣紙染寫，筆意渾化在瓷器上，被業內讚為「前無古人」，相信，後亦難有勝者。其實，王步是多面聖手，不但青花寫得好，色釉也運用得好，出自他手的紅釉羅漢系列，可說是一項技藝創新，火紅釉色暗透金黃，新穎的筆法使羅漢圖獨樹一幟；筆下菊花更是一絕，萬紫千紅蟹爪菊，至今無人能出其右。

想來，我算有緣兼且有運，這瓷板的兩條塘虱彩墨潤澤，畫面沒用景物襯托，既無水又無草，但仍不減生動活潑。

因此，我常對朋友們說：到歐美或東南亞旅遊，若能抽空到當地的雜貨散集市場逛逛，或許有意想不到的收穫。碰碰運氣吧！

第二十一章
擬董巨筆法山水

　　月初，梁子彬先生在手機中傳來信息，告知我正在創作一幅大山水，畫幅尺寸為八尺巨幅整紙，生宣，用宋人范寬李唐筆法融入自身構圖，繪製傳統式國畫。

　　此後，每日將進度傳來給我閱覽，從開始落筆繪寫前景的松樹、坡石到溪流、瀑布，至及後方的主體崇山峻嶺足足費時半月。

　　畫的氣勢宏大，如有萬鈞張力，但越細看反覺柔和感越增，整個畫面和諧暢通互相呼應，遠景主峰高聳雄偉、峭壁陡削，山體以雨點皴和斧劈皴結合運用，加上淡墨花青擦染，表現出厚重感，山腰雲霧繚繞使觀者產生既遠又近的透視景象，前景與中景崗巒起伏，松樹綿密，岩壁飛泉瀑濺，崖下谷徑通幽，人物小屋作點綴，養眼宜人。

范寬是北宋時期的山水畫大家，重寫真，擅將大自然
的山川景物在絹紙上重現，被譽為「畫山畫骨畫畫魂」的
創造者。李唐是北宋末年南宋初年的山水畫大家，所寫的
「萬壑松風圖」現存台北國立故宮博物院，為北宋巨跡，
顯現出奠基創派的自我面目。

適逢梁生畫成之日，廣州藏家余立先生過訪，我將梁
生這畫在手機中向余立展示，余生專心細察，邊看邊讚不
絕口，認為當今畫壇已難有可以寫出如此傳統山水之人，
功力之高幾近古人。

余生問我你與繪畫人是否相熟，我答很熟並且是非常
投契的好朋友，余生說既如此何不求一幅山水為自己居室
補色，總比掛前人舊畫更有意思。

我覺得此話不錯，前人的畫在名氣上、經濟價值上確
實站處高位，社會上很多人都夢寐以求。希望能收藏名畫
者，有為炫耀經濟能力，有為囤積居奇，有為附庸風雅。
但這些畫的創作人都已不在當今世上，我一直嘗試了解他
們其中的一些人，了解他們的創作經驗，只是他們終歸都
不會認識我。現今有個我認識的好朋友，我對他有所了
解，而他寫的山水畫可說是當今傳統功力最好的，那我為
何還掛別人的畫呢！

第二天一覺醒來，拿起電話撥給梁生，也不客套，開
口便要求一幅帶文人氣質的宋人山水畫，梁生答我若用宋
人筆意又帶文人氣質的，最好就以董巨二人筆法。董源是

五代南唐及北宋初年的南方山水畫派開創者，創披麻皴法，以細長圓潤麻繩狀的墨線皴寫山體，水墨用色輕淡，溪流瀑布雲霧繚繞，漁浦洲渚掩映景秀；巨然同為五代南唐、北宋畫家，僧人，師法董源，但自成一格，擅寫江南山水，筆墨秀潤，喜作豎式構圖，糅入北方山水的雄奇氣象，所畫幽溪曲徑清雅怡人，松濤竹影意趣益然。

我心中明白梁生是按我意思為我籌劃，而用董巨之法更合文人氣質，但若非長時間摸索探研，難悟其法，一般寫畫人也多學董巨皴染，知易行難，然能得造詣深者卻是寥寥。其心思難能可貴，多年的友情盡顯無遺！

很快，我就收到梁生的草圖，草圖很合我心意，畫以「須」字形構圖，加入前景二至三個之字形山巒溪橋走向，使畫中結構扎實平穩，高遠的立峰與深遠的橫嶺相互緊扣，密處不覺逼窄，疏處不露鬆散，意境暗透恬逸幽趣。

為錦上添花我稍作了點修改，並提出我對畫前空間較小想作擴寬的看法。

梁子彬《北苑春山圖》草稿

　　晚上，我收到電話錄音留言，梁生在電話中說：連續寫了超過十個小時，畫已具雛形，約完成了三分之一。不同意指畫前空間較小，因草稿線條不含畫成後的雲壑曲潤，相反地覺得空間略大，已作修正。

　　為了溝通方便，我與梁生加了微信。旋即收到梁生傳來圖片，畫成的部份已見峰巒出沒，每山之頂皆作小樹林，山石烘染與皴擦並用，設色淺淡，近似水墨畫作，唯層層漬染，頓感沉穆渾厚。

　　董巨喜用絹本，中鋒行筆鉤寫長披麻皴，流利快捷，能鎖住墨汁水份，使其色澤鮮潤；今見梁子彬用生宣，也是中鋒行筆，看似簡單，其實難度更高，水墨隨紙上纖維迅速遊走渾化，不易管控，且須邊皴邊染，皴染同步，才能達到具有立體質感之效，同時線條鉤勒也見生動。

　　我將我的觀感告知了梁生。梁生感嘆現今寫畫之人多不願勤練傳統技法，總怕古畫沉板乏味，甚至認為迂腐兼缺新鮮感，要另闢蹊徑創新。實際上那些人根本沒有深入傳統，不知古賢作畫內有玄機。若能苦學勤練，深入了解，融會貫通，自可寫出悅性弄情、動靜如生的作品。

　　翌日，再收到梁生傳來彩圖並附有文字，意思是講：昨晚上床後仍惦掛此畫，琢磨構思，輾轉不眠。晨早爬起來，繼續書寫，足足寫了一整天，現已完成過八成了，但也累了。

　　畫圖中昨天未染色的部份已完成，染色後橫雲貫出，

煙霞浮露，山勢距離立現，與原來的草圖基本一致，花青、赭石融和不同深淺的墨色，皴擦出輪廓分明的立體。畫仍以墨色為主，把顏色壓着，這是中國畫傳統的規矩，有別於彩勝墨的近現代水彩畫。

這畫的色澤運用，迎合了董巨的墨彩技法，用墨頗淡，色彩相應較淺，由於處理得宜，衍生出一種雅靜斯文、渾厚濕潤的效果。

事實上，董巨的技法在這畫的繪製過程中，通過梁子彬的手重新表現出來：以深、濃、焦、黑重色混點山頭之樹；前山輕墨鈎皴，更淡的墨色線條描勒主峰，大膽地在主山旁用深墨向左橫置數重遠山。這種手法顛倒了越遠越淡色的自然常理，相反更凸顯兩者的距離，強化兩種山勢縱橫對比的組合，使水面更明亮，虛實更平衡，視覺更深遠。

董源巨然傳世的名畫不多，能夠確認為真跡的，可說絕少。有些以前鑒定出自董巨之手的畫作，今日被推翻，改定為元、明人畫。目前所見，有說董其昌誤題清宮舊藏現存台北國立故宮博物院的「雪景圖」為巨然所寫，亦有說張大千題董源寫「江堤晚景圖」實為元代畫。但就算如是，真的假的加合起來也是寥寥可數，存世真跡實在難尋。

近代習畫之人學董源技法，多從元人黃公望着手，皆因黃是董源技法承襲者，根據其存世作品，董源筆意呼之

梁子彬為筆者創寫的山水畫

欲出，從黃公望技法中再上追董源。

過了大半天，應該說不足二十四小時，再次收到梁生傳來該畫，呵！完成了，大氣！景象靜謐幽茫，巨石臨淵，岩腳坡石依偎，重巒絕壁，前景左右數組山峰峙立，中間以河谷及徑道營造空間深入感，樹木體態婀娜，僅細線條鈎勒岩石輪廓，順着石頭肌理輔以細密而帶韌力的披麻皴法，寫出山骨隱顯，林梢出沒，可謂率多真意，上有題名「北苑春山」，董源曾任南唐北苑副使，故又稱「董北苑」。不足三尺半高的一幅山水容納了浩浩大景，內裏蘊藏着繪畫人畢生功力和自發的真誠。實我之幸也！

我連忙通過電話向梁生致謝，但除了道謝外，感激之情不知如何表達，這是不能用金錢衡量的情誼。我因貪慕而隨口提出的要求，使梁生日以繼夜嘔心瀝血去趕寫這幅精心之作，自覺有愧。正感不知該說甚麼好時，梁生笑

了，大方問我還有其他想要寫嗎，我一聽，貪念又來了，上得床來順手牽被，說要多一副對聯，並且指明是要寫黑反白的仿碑帖。梁生馬上答應，但要聯句自撰。

我對着手機圖像，細心琢磨，慢慢推敲聯句，順着畫意，不自覺間進入了畫圖中，青山綠水溪谷堤岸走了一圈，回到水邊坐下欣賞瀑布飛流，就此我有所感悟，撰出聯句：朝循谷徑尋幽趣　暮坐溪邊釣樂閒。

我急不及待通知梁生，梁生也不多說，問明尺寸和所要字體，說會盡快寫成便收線了。

午飯後，我從手機上收到圖片，對聯以仿碑帖式隸書寫成，條幅構建如畫，藝術含量高，尺寸高度與畫相同，這是因應我廳中原有所掛對聯和畫的畫框尺寸，移去舊畫後，便可以將新畫裝上，同樣掛在原處。

梁子彬為筆者寫仿石刻對聯

經營一幅山水畫，由構思到完成，所花的時間不少，內中飽含寫畫人極大的精力和心血，更重要是體驗在創作過程中所付出的真誠。所謂台上一分鐘台下十年功，與此異曲同工，寫畫人要經過多少

辛勞、多少歲月才可熟習到一定程度的傳統技法，才可創寫出雅俗共賞能為大眾接受的作品，唯有持之以恆，才或有望煉就造詣。心內的苦與樂，實難為外人道。

望着這套作品，感到受益良多，這是一份真情，我知自己會珍惜。

第二十二章
拾趣

一

　　喜愛收藏字畫的人都知道，要得到一張明朝畫家陸治的花鳥畫不容易。明朝一代花鳥畫當尊吳門（即現在的蘇州），而吳門花鳥畫又由陸治、陳淳、周之冕等推上高峰。

　　陸治花鳥畫相傳各地博物館收藏的總數只有四十多幅，私人若能擁有一幀，藉以研究鑒賞吳門花鳥畫的發展，又充實收藏內涵，無疑是賞心樂事。

　　然而，多年以來，陸治花鳥畫真跡在中外拍賣行極為罕見。偶聞某一級拍賣行出現，叫價卻又遠超想像。十多年前，無意間有幸在一位錢幣玩家手上得到其鴛鴦戲水圖。這畫繪寫細緻逼真，顏色鮮活絢麗。畫中鴛鴦戲水，悠閒自樂，岸邊花木襯映，畫面動靜如生，百看不厭。

陸治字叔平，因生於蘇州包山，自號包山子。早年跟隨明四家之一的文徵明習寫山水，由於對大自然體會深刻，創出了自我面目。晚年熱衷園藝，喜栽花木，對一葉一瓣觀察入微，絹紙傳情，終成花鳥畫大師。

可惜這畫保存不夠好，不少地方殘破，後來託人找到裱畫能手，補漏執色，重新修復，如今美觀絕倫。

這張畫加深了我對吳門花鳥畫的喜愛。吳門名家輩出，高手眾多。陸治同期有陳淳、周之冕，三人是其中佼佼者，畫風相近，卻獨有別格。經翻閱資料及觀摩相關畫冊，我對陳淳和周之冕的畫也頗渴求，總想同時擁有這三人畫作。但歷近五百年歲月，單單陸治已難覓，更何況三者得兼。

前年在三藩市，我從一個中小型拍賣行預展的假畫堆中，發現了陳淳的花鳥真跡，便落了暗價投標。現場的買家們居然無人對這畫有興趣，和我競爭的是一個電話競投者，很快就不再競逐，我終以低價如願。事後得知：那競價者是一位深研中國畫數十年的西方女士，對陳淳的花鳥畫情有獨鍾，只是當日因事不能親到現場，競價過程中電話接收偏又出現故障，不然，此畫我唯有向隅。

近日在羅省一個小型拍賣會上，我見到了夢寐以求的周之冕花鳥畫：一幅雪景《山茶野雉圖》。畫高五十七寸、寬十六寸半，雖經多次翻裱，難得外觀保存幾近完整；一對象牙軸頭外表的風化，顯示年代久遠，裝裱應在百年之

上，從材料和工藝分析是典型的日本裱工。

這畫以雉鳥作主題，景擬初春，積雪仍壓在山茶花與水仙花上，未完全融化，意態傳神，形象逼真；用線條勾勒花邊、水墨點染花瓣俗稱「勾花點葉」法繪寫茶花，工意清雅；為營造畫面靜穆氛圍，畫家以染地反白襯出雪景，使觀賞者怡情養目，倍感清新。

經幾回合，投中此畫，圓了我十多年來夙願。收藏兼且鑒賞，自覺其樂無窮。

明周之冕雪景花鳥
《山茶野雉圖》

二

去年炎夏，跟隨兩岸三地作家協會到福建晉江采風交流，在團長相南翔教授及領隊吳哥笑帶領下，一行十九人由深圳火車北站乘坐高鐵前往。高鐵速度很快，約四個小時便抵達目的地。

這次活動由資深導演駱紅芳女士安排接待，當地氣溫約攝氏三十七、八度，陽光酷烈，照射體膚有炙痛之感。

之前從未踏足晉江，但香港有不少晉江人，曾有接觸，亦聽聞過當地風土人情，早就想來一遊，這次躬逢其

會，算是有緣。

接待單位安排多個景點，行程緊密。一到酒店放下行李，便出發到重點旅遊區五店市。五店市內，有逾百間傳統工藝商號，各具特色，很能吸引遊客。我們逗留時間超出了預計，各人手上挽着大包小包的工藝品和土特產，傍晚興盡而回。

晚上，當地文化界人士設宴。駱紅芳有個師兄也從泉州趕來參與。這師兄文采好，席上談笑風生。駱紅芳告知我，她這師兄喜歡收藏觀賞石，特意介紹我認識。交談間，這位師兄從他的手機拉出多張圖片給我看，是廣西特有的草花石。草花石以石中紋理色澤似山水風景見稱。既是交流，我便從我的手機上拉出說是剛買回的田黃石擺件圖片給他看，他一看便搖頭，說聲是假的！問我付了錢未，若未付錢馬上退回。這師兄的熱心我心領了，回答付錢了。他續問貴不貴。我說便宜，還不到今晚的一枱飯錢。他一聽更肯定是假的，敦促我盡可能退貨。我笑着道謝便不再討論了。

我手機照片上的田黃石，是我從美國一個神父的遺產拍賣會上買到的，重過五百克，高六寸，寬三又四分三吋，質地溫潤，狀如大號馬鈴薯無棱無角，微透，內藏羅白皮層紋理，外刻有薄意風景，屬舊刻工。

這次活動，雖然我中暑了，但獲益良多，對晉江的風土人情有個初步了解，整個行程都充滿愉快。

田黃石　山水薄意雕刻

　　剛回到香港，收到雋毅會秘書長陳慧雯來電，説會長陳兆實邀請飯局，邀各好友敍舊，我欣然應往。行前，順手將寫字枱上擺着的田黃石帶上，給陳會長估估價。

　　陳兆實是福建壽山人，從少熟悉鄉中所產的田黃石，

他接過我的田黃石隨意看看便交回給我，對我說這舊田黃開門，只是色澤較為暗了點，格紋（俗稱割紋，有看得到摸不到的特異）較多，經濟價值打了折扣，估計在二十萬之上。

席上各人傳閱觀賞，在座大多是福建文學藝術界人，對田黃石都有所認識，只是未及陳兆實對田黃了解深入。

飯後回家，路上碰見李健球。球哥是古玩界大行家，在上環荷李活道開店幾十年，眼目精準，經他手買賣的古玩不知凡幾。因我和他有好一段日子未晤，自然話多，於是到就近餐廳飲咖啡，傾談行內行外近聞。

球哥問我近來可有買入新的文玩。我答好貨難求，邊說邊從手袋內將田黃石拿出，球哥看後說石質透明度不強，色感偏重，雕工雖好但難以掩蓋過多的格紋，不入上品，勝在石材較大，作為陳設觀賞已是不錯了。

回到家中，在燈光下細心觀賞，越看越覺得可愛，可作案頭擺件。

三

聯合國將大象定為瀕危野生動物，訂立公約，明文加以保護。但多年來效行不著，在非洲，大象仍然遭受大量非法獵殺，現存數量不斷下降，獵殺者為的是能販賣大象那對色澤光可鑒人的象牙。

亞洲是象牙主要銷售集散地，非法獵取的象牙源源不絕運抵，有直接運往大陸和日本，亦有運到香港作轉口。

　　近年大陸政府嚴厲執法，打擊象牙偷運買賣；國務院更宣佈將全面取締象牙買賣。

　　香港政府最近為了配合大陸打擊非法售運象牙，立例經立法會三讀通過，將全面禁止售賣象牙。當然，古董象牙應不在此列，而且，估計未來一段時間，古董象牙價格將有下降，甚至下降幅度會較大，若然想收藏象牙作為觀賞或陳設，往後的日子應多加留意。

　　象牙材質堅固細密，外觀柔潤光潔，適合製作飾物用以裝飾；亦可加工成生活用品，如筷子、梳子類，但最大量是用在雕刻擺設上。亞洲的象牙雕刻工藝當然是首推中國，日本次之，東南亞其他國家更次之。

　　中國歷史上，很早就有使用象牙的記載。《史記·微子世家》記錄有「紂始為象箸」，而歷代都有將象牙作為貢品供給皇室使用的，由於上行下效，象牙需求遍及全國。明、清兩代是象牙工藝製作的高峰，明設果園廠，清設造辦處，兩處內都有專為皇室加工雕製象牙的工藝作坊。而民間則在北京、南京、上海、廣州先後形成相對的集中生產地，各地又保持着各地的風格特色。至上世紀中期，象牙雕刻工藝分為南北兩大系。南以廣州為代表，製品精細工巧、玲瓏剔透，俗稱廣州工，其中有「鬼工球」稱譽的鏤雕象牙球，內外十多層，層層雕飾不同，更能層

層自由轉動；北以北京為首，工藝雍容華麗，充滿宮廷藝術品格，世稱北京工，其中以仿名家畫冊《月曼清遊》《西廂記》為稀世神工，景色璀璨繽紛，人物栩栩如生。

明、清以來，宮廷工匠雕刻的立體人物，工巧、雅趣，唯妙唯肖，一直是收藏人士喜愛的文玩。但講到人物雕刻藝術，就不是東方獨美。我曾在不同場合見過多件由意大利名家雕刻的象牙人物，無論造型結構、尺寸比例、面相神情均能恰到好處，其中妙處用文字不足以傳神。

歐洲工藝裸女象牙雕刻

我也曾見西洋象牙精品在拍賣行出現，由西人用高價競去。想擁有一件意大利名家雕刻的象牙人物，原來不易。日後禁售，機會更小。

在無法滿足之下，我買了一件歐洲工的裸女象牙雕像。雕像工藝還不錯，雖然個頭不大，連座九寸多一點，仍可獨立擺設，算是聊以自足吧。

以木漿作料的酒架

第二十三章
老酒

梁師傅從手機上傳來一張照片，是一個盛載酒瓶的架，架的兩旁外邊分別雕刻相同的大小字，大字：大清皇帝萬壽無疆；小字分刻在大字左右：左刻遵義府窖藏貢酒，右刻內務府採辦處。更有雙龍紋飾，藍紅各一，龍五爪，描金，華麗兼且大器。但架上用作挽手的橫擔斷開，看得出是被人手打斷，斷處有填充物外露。

接着，梁師傅來電問我，能否看出酒架是用甚麼物料做成，並說曾傳去給兩位古玩行家看過，但都沒有明確答覆，只說可能是「塊把」也可能是夾板。希望我能解釋這種既不似木又不似夾板的物料由甚麼材質組成。

驟眼看去似「塊把」，其實是上等造紙漿料，幼細且無雜質，造一個這樣的架，耗去漿料不少。

我明白梁師傅為甚麼有這一問，因物料若是塊把或夾板，就說明不是清代物品，只可證為近、現代製品，而所盛載的酒可能就是假的，失卻了收藏意義。

憑着經驗，我如實告訴梁師傅：這個架的核心充填物是漿，是用來做紙的漿料！是清代工藝製品，既複雜又花成本，自古不是普羅大眾的玩物。

梁師傅聽我這麼解釋，興趣就來了，請我馬上去他家看實物，且聲明有好茶好酒招待。梁師傅是筋絡治療師，對治療坐骨神經痛及肩周炎有獨到手法，經他治理得到好轉的病人非常多。平日喜歡好茶好酒奉客，也能品茶品酒，家裏收藏不少不同年份的上等茶酒。

我也喜歡喝茶，特愛老普洱，知道梁師傅家中藏有清宮老普洱，對這邀請當然沒有異議。

來到梁師傅家，他已經煮好茶在等我。雖說是宮廷茶，但飲起來除得個滑字之外其他欠奉。心裏頓感奇怪，在我認知中，宮普大多是香滑甘濃，為何這宮普只滑而無茶味？我換了杯，再重新斟滿，但入口後還是一樣。於是問梁師傅，他回答是專開一盒陳舊清普為我燃煮，也不明何以這樣。我問怎煮，他答大火猛煮約十五分鐘。

我暗叫一聲：弊！宮廷茶葉一般都採用芽尖製作，根本經不起大火燃煮，如此長時間用火，哪有不失去茶味之理！

我把內心想法講出，給梁師傅參考，梁師傅認為不一

定是這樣，他説他用這方法煮出過很多靚茶水。邊説邊拿出外形不同但同樣精緻的一盒茶給我看，這盒茶葉差不多煮光了，只剩下很少碎葉，不夠再煮一次。我一看，明白了，這盒不是芽尖，而是大葉老樹山茶，不能同用一法。

我提議將芽尖重新再沖一壺，用大開滾水沖泡。梁師傅重燒了一壺水，再泡出來的茶芬芳宜人，入口清香濃滑，落喉生津回甘。

茶沖了七、八泡之後仍然濃香不減，這宮普不愧為世間好茶。

茶品到這個火候，心身自感舒泰，兩人的説話更加投機。梁師傅此時將他那瓶藏酒拿出給我欣賞。

葫蘆外形的酒瓶由一個架子承托，架的上層有一橫擔，既可作裝飾又可作挽手，架高約四十五公分，寬約二十八公分。架中有半片活動的層格與另外半片不動的層格將酒瓶卡在架內，使之固定，不會跌出，用時只要將那半片活動的層格拿開，就可把酒取出。

我將酒拿出細心觀察，發覺瓶子由多種不同工藝製成，是瓷胎掐絲琺瑯。手法是用銅絲掐成寶相花及折技牡丹、梅花等多種花卉紋飾，鑲嵌了各色琺瑯釉彩，包裹在瓷瓶外。

葫蘆外形的瓷胚很薄，工藝上乘，外貌富麗華美。瓶內壁上滿白釉且潔淨均勻，肉眼所見兩個接駁處若不小心細察極易忽略。圈足內外工整，外底有青花和紅彩兩種款

式。青花外圈寫款為：大清弘曆黃帝登基萬壽無疆遵義府上品佳釀，及大清乾隆御製；紅彩中心寫款為：窖藏宮廷貢酒。

我略為查找了歷史資料得知，乾隆皇帝是在公元一七三六年九月初三（新曆九月二十五日）登基，這酒存放至今已經超過二百八十年了。而遵義府在貴州省赤水河邊，自古就是釀酒聖地，國酒茅台及國密董酒皆由此地生產。

製作這酒瓶和載酒的架，當年是花了很大的功夫，集多種工藝於一體，由手巧藝熟工匠精心製作，一件成品的製成，所花的工時心血實在不少。

若說瓷胚修製不易，掐絲更難。要將銅絲掐成各種花形可說是一項技術很高的工藝：把壓成扁平的銅絲按照已經畫在瓶面的紋飾，用鑷子掰成各式各樣的弧形，一分一段粘在瓷瓶上。製作耗時費心，就算只是方寸大的弧面，可能需要用上一天半日，對工匠的體力和心智是極度的考驗。

掐絲之後是點琺瑯，點琺瑯是將各種顏色琺瑯彩釉按圖面需要着色上彩。由於技術特殊，須份外凝神專注，操作時不能被油垢髒物污染，稍有不慎，便會崩敗至前功盡棄。

完成了點琺瑯步驟後，緊跟着還有燒琺瑯、磨光、鍍金等工序。粗計大工序有七、八道，小工序則過百道，每

道工序流程又有無數細節，工藝繁複。因此，琺瑯彩一向以來都屬宮廷之物。

梁師傅聽聞如此珍貴，不等我把話說完，伸手拿去我手中的酒，趕着拆除瓶口封紙，邊動手邊說：這樣好的酒不即時飲怎對得住自己。我一聽，樂極了，忙幫手開封。但就是弄不開瓶蓋，兩個人四隻手我是越幫越忙，只得停下來，先將瓶口的封紙用水弄濕，待濕透後用小刀挑開，才發覺封口皮紙是被牛皮膠牢牢粘死了，而瓶蓋與瓶口由泥漿粘封着，很牢固。

梁師傅心急，要將瓶口瓶蓋一起敲掉，我說這樣好的一個古董工藝品若是被輕率破壞，太可惜了。梁師傅笑我主次不分，問我 XO 白蘭地酒貴還是載酒的水晶樽貴？酒飲完了樽還不是丟掉嗎？

對着這個酒鬼我真的哭笑不得，這種歪理也辯駁不清。不過，在我堅持反對破壞酒瓶後，梁師傅決定先用熱水泡浸瓶口，希望借助水溫把早已乾固的封泥溶解。

就着這個空檔，梁師傅拿出那張傳給我的照片的實物，將那個已被破壞的酒架交給我，讓我完成此行的目的。

這架的橫擔只是斷開，未嘗脫離酒架，架中還載有酒，也是葫蘆形，分別在掐絲琺瑯紋飾不同了。梁師傅向我透露，這種酒他藏有超過十支，而每支紋飾及顏色都不一樣，甚至有兩支外形是梅瓶。

　　我將酒小心移開，然後在填充物料上剒了一刀，如剒紙一樣，與我先前估計是紙漿相吻合。這種漿料須隔去水分後陰乾，在未完全乾透時加以錘壓，乾透後會變得很緊密。

　　這種填充物有個好處就是既輕又不會變形，可以按照圖樣製成各種形狀，但要成為承托各類器物的材質，工藝就複雜了。

　　首先要在裁切好的填充物上掃上桐油，乾後上灰漿，灰漿之上鋪麻布，麻布之上再掃灰漿，待灰漿乾後打磨平滑，接着重新掃上桐油並打磨，直至完全平整，最後包上一層很薄的特製豬皮入爐燭漆。各項工序完成，才能製成所需的板材。

　　將板材規劃好裝嵌成酒架，交由雕刻工匠刻文字、刻龍鳳及各類花卉紋飾，掃上不同顏色的漆和描金，經過烤烘，這樣一個載酒的架才算完成。

　　經過約半小時溫水泡浸，酒瓶口的封泥鬆軟了，梁師傅用小刀將泥挑鬆，瓶蓋便打開了。把封泥拿上手細看，才知道不是粘土，而是用糯米加蜂蜜煮成的漿。

　　酒開了瓶，頓時香氣盈室，我深深吸了一口氣，讓酒香體內巡迴，芬芳濃郁的酒味使我未飲已感微醺。

　　梁師傅為我和他自己把杯注滿，酒色金黃透亮。剛開瓶的酒是要讓它散散氣，揮發了殘留在瓶內的酒精酸味才好飲，我於是陪梁師傅到陽台外，他抽煙我看看周邊景

色。此時，他的徒弟來拜訪，梁師傅知此徒也喜愛喝酒，便對他說枱上酒瓶還有點酒，去拿個杯子倒來喝吧。徒弟應了，離開陽台自去拿杯子。

當我與梁師傅回轉到客廳，只是一支煙的時間，卻見他那徒弟坐在地上，口中大叫好酒，問還有沒有。身旁酒瓶橫放，三個杯子空着。

梁師傅和我對望一眼，無奈笑笑，對我説這個徒弟是性情中人，為人正直品德好，無不良嗜好，平日只是喜歡杯中物，見了酒就不能自控。

我心念有其師必有其徒，難得兩人嗜好相同，可謂物以類聚，況且喜歡飲酒不算是壞事，以不過量不傷身為要。

梁師傅問徒弟對這酒有何感覺，徒弟回答好到絕，生平未曾嚐到過如此美酒，入口液濃味厚，烈中帶甜不辛辣，綿甜悠長，清香醇厚，回甘味持久，飲後強氣生津。

酒越老越醇，當年的上品佳釀，留到今時今日才飲，當然稱得上是人間絕品，就算乾隆皇帝也沒有如此口福，梁師傅的徒弟卻能把整瓶飲下，可謂巧福。

時間已晚，要回家了。我向梁師傅道別，梁師傅提了一瓶酒給我，叫我回家自去品嚐，並説這是非賣品才送我。我欣然接受，回説待飲後再將感受表達。

第二十四章
怡然樂

之一

昨天，貴哥從廣州來，辦理在香港開設公司的手續，晚上請我到他下榻的酒店一起晚飯。認識貴哥很多年了，認識他時他還只是一個普通的裝修工人，勤力、有交代，與人相處願吃虧，因此，不少人喜和他交往。

近年，他自己開了公司，發展得不錯，生意也越做越好。由於業務與香港有關連，經常穗港兩邊跑，至今，還要在香港成立公司，擴展事業。

由於下班前有重要的文書急着處理，延遲了出門，當我到達目的地時已超過約定時間四十五分鐘，貴哥為我斟上茶後，隨即叫服務員上菜。

邊吃飯邊聽貴哥講述他的近況，他說這兩年業務通過香港與國外接觸，發展較想像中來得快，但因跨境貿易，

受國內的外匯管制，支付上出現時間差距而形成競爭不便，因此，決定來香港開設公司，利用香港的國際化金融體系幫助公司運作，增加發展速度。想不到開了公司後，才發現在香港開立銀行賬戶不易，無論是公司戶口或私人戶口，都受到一定程度的規範，更要新成立的公司有良好的業績，這就使他感覺發展計劃受阻了。

貴哥道明今晚敘舊外亦想向我請教有沒有其他可行的方法，解決開戶問題。

我向貴哥詢問了有關他公司業務性質，營業範圍以及日常資金的運作。聽了貴哥的詳細說明後，我覺得這是一間正常公司的正常運作。於是，我提供了一些合理的解決方法，貴哥聽明白後，知道可補充多項原有的國內公司文件去完善申請，使銀行清楚了解申請者的目的，進而審核批准。

談完正事，貴哥就天南地北講風花雪月，又將手機儲存的照片給我看，內有多張他新近購入的古玩器物照，其中以青花瓷器居多。

貴哥近年有錢了，便將愛好轉往收藏，瓷器、玉器、犀角、象牙及新舊名人字畫都成搜羅之物。他給照片我看，多少帶有點炫耀心態。

這些青花瓷照中，有二個雲龍紋象耳大樽，盤口、項有纏枝菊花、象耳、肩有「大明宣德年製」六字款，身飾雲龍、畫工線條斷續柔弱，藍彩輕浮，顏色深處聚集鏽斑，

斑點銀光泛起，釉面光澤耀眼，雙耳似土滲嚴重，更有污泥髒物黏蝕，其造型最早出現在清三代後期。

雖說有點不倫不類，但外形仍算美觀，且青花發色亮麗。貴哥情有獨鍾，份外喜歡這兩件青花，還說是請專家朋友代買的。

我平日習慣少逆朋友意，這世上眾人花轎人抬人，大家開心便是最好，何必費勁較真假呢，反正已經買入，多說無益。

不過，我亦為貴哥着想，搞收藏叫別人鑒定不如自己學習，學的過程也會產生樂趣。針對這兩個青花樽，我建議貴哥去買一些工具書，增加知識，特別點提其中一套由紫禁城出版社出版、故宮博物院耿寶昌先生主編的「故宮博物院藏明初青花瓷」叢書。

這套書很實用，圖文並茂、深入淺出使讀者易於上手，參照文解圖說可以獲益良多，貴哥若用心的話，定會知道那兩個樽的真假。

我本人亦是購閱後的得益者。

當我手上拿着實物和工具書比對時，知識就在增長。我曾經在二零零五年購入一個洪武年代的青花牡丹紋玉壺春瓶前，看過相關瓶子圖錄的工具書，因而能輕鬆執到寶。鑒賞不能不看工具書，收藏更不可缺工具書。

飯後道別時，我對貴哥作了點補充，建議回廣州後，用漂白水浸這兩個青花樽，我說青花是釉下彩，用約

一千三百度的高温燒成，不怕漂白水的強度，土浸污泥這類附着物就會甩離，但若髒污之物是窯燒前已黏附，那就難清理了。

貴哥笑笑，表示明白，並囑我有空到廣州找他聚聚。

回家途中回想剛才說話，暗怪自己又多嘴了。

之二

今年書展，收到深圳相南翔教授電話，告知深圳出版發行集團及深圳書城新華書業連鎖有限公司有份參加是次書展活動，展出很多國內新出版的書籍，並會在書展期間，舉辦一個名為「香港回歸二十週年深港作家書評作者和媒體交流會」，邀請我作嘉賓代表，時間在七月二十日下午兩點，希望我能抽空出席。

南翔教授是深圳大學文學院原副院長，國家一級作家，擅長散文、小說創作。由於他的文字功力深厚，文體結構靈活，敍事表達如行雲流水，情節往往出人意表卻又牢牢緊扣讀者心弦，因此他的作品閱讀群面很廣，老中青都喜閱。

我查看了我的記事日程，那天未有約會登錄，便當即回覆將按時赴會。

到了交流會當日，我與同受邀請的律政詩人古松先生及《城市文藝》主編梅子先生相約一起進場。與會期間，

氣氛熱鬧，港深兩地不少作家、評論家及媒體代表到場，對回歸後港深兩地的文學創作作出深入的探討。

在我發言後，有位參與者表述了與我有不同的觀點，後經梅子先生介紹，他叫唐睿，是香港浸會大學人文及創作系博士兼小說家。

散會後，我與他交談，始知他不單愛好文學亦熱愛古玩陶瓷，對宋代浙江龍泉青瓷更是情有獨鍾，並準備編寫課程教導學生。

龍泉是地名，盛產青瓷，地處浙江、江西、福建三省之間，是三省毗鄰的商貿重鎮，於北宋晚期漸進興旺，取代越窰成為青瓷之魁，至南宋初，汝窰工匠因亂世南渡，加入龍泉窰製瓷行列，使青瓷面貌出現巨變，由原來具有較高玻璃質感的透明釉層轉化為碧玉質感的乳濁釉（石灰鹼釉），龍泉青瓷由此進入鼎盛期。

龍泉青瓷釉面所呈現的玉質感，主要來自製釉原料改變，原來的氧化鈣含量大為降低，氧化鉀和氧化鈉相應提高，形成石灰鹼釉，其特點就是在高溫下黏度較高，可使釉質厚而不流，氣泡不會變大，再加上經過素燒的胚體，強度增加，可防止窰燒時變形，外施三、四層粉狀厚釉，

南宋龍泉管弦瓶

厚厚的釉層加強了失透的效果，在還原焰中產生不太強烈的玻化翠質感，燒成後釉面柔和光澤，豐滿優雅，有如美玉一般的獨特外表。

我也喜歡青瓷，偶有收藏。所藏青瓷中有一個爐，是從美國的小型拍賣行投得，爐身高三寸半，爐口闊五寸，爐身帶肚，肚上有半圈耳一對，爐內爐外滿施青釉，高圈足，足底露胎，胎底平修。

這是一個典型的北宋龍泉窰瓷器，胎薄厚釉，色似綠豆瑩潔無瑕，手工拉胚線條流暢，圈足滿釉不漏，色階裏外一致，青翠如玉，外形更是斯文靜穆、恬雅怡然。用人見人愛來形容對此爐的觀感，絕無半點不當。

這爐由一個日本手工的舊正方形木盒盛載，盒面墨寫「青瓷香爐」四字，盒蓋內有一篇文字表述記事和年干，但夾雜日文，我未能通讀。

唐睿先生喜好與我相同，有緣再相遇時，我會將這青爐帶去給他鑒賞。

北宋龍泉窰梅子青釉香爐

之三

現時的隨身手機很方便，處人處事都離不開它，加上科技日新月異，功能不斷創新，人與人交往自然更緊密。自軟件出現群聊後，各類群組如雨後春筍般萌芽叢生，亦有賴這些群組，為民眾帶來交流信息的平台，使大家都能處在多姿多彩的空間。

雋藝會長陳兆實先生把我拉入由他組成的群組，群組以「香港文博」命名，組內成員都對中國文化、藝術、歷史有濃烈的興趣，可謂志趣相投。每日都有不少的藝術品圖片在群內上載，時有各種不同的觀點述說，熱鬧誘人。

某日，有成員帖出一個紅釉花瓶圖片，要請大家發表觀感。我看了後，覺得這貌似穿帶瓶的花瓶在造型上不倫不類，外底有乾隆御題詩，可惜年干也寫錯，以化學釉燒成，燒成時間估計約有幾十年，是舊仿的。一時手癢，寫了一句：「算是老的，微有皮殼，有自然風化。」正想發到群內，但稍為想一下，覺得不太妥，像是嘲諷發圖者，於是改為「是老的，有皮殼，有自然風化」，這樣才發出。

誰知這一遲疑，同步有兩條短訊傳出，剛剛比我發的短訊先了一步。一條是陳兆實群主寫的：「先不要評瓷是否老，也許是老，應從底款去探討御刻的字和從排版方向入手考慮。」而另一組員的評語是：「請別人看東西，那別人怎麼想？是考驗還是欣賞？」

當我看了這兩條短訊後，發覺他們的態度是認真的，雖然出發點不同，但都說了實話，相比之下自覺慚愧，我實在應當以他們為典範。

此時，又有一條短訊加入，寫道：「鑒定這個瓶有幾大特點應該掌握，一是燈草口，二是脫口垂足郎不流，三是穿帶。這瓶符合哪個要求？」

寫這短訊的仁兄，將此紅色釉瓶與清代康熙朝督窰官郎廷極所創燒的郎窰紅作比較，以燈草口及脫口垂足郎不流的兩大鑒證要點和穿帶瓶的工藝反證。

這我就有點坐不住了，我認為我應該學習他們，把知道的講出：「若斷這紅瓶是郎窰系列，拙見認為是離題，半點郎紅的風格也沒有，坯體呆滯，紅釉發色浮腫，胎骨枯紅，乾隆皇竟寫出如此低劣的書法，博抄家！所以我認為這只不過是一件舊仿的化學紅釉的製品而已！」

我發出信息後，覺得有種樂趣感，這樣寫寫聊聊，各說各的，你可以認同也可以不認同，用文字作表達的活動，精神獲益，科技使人心活躍。人，越來越離不開手機了。

第二十五章
怡趣

　　公司樓上十四樓租戶想提早搬遷，知道我們辦公地方不夠用，叫他們公司秘書珍妮下來通知江律師，看看合不合用，若合用，可上搬，原裝飾與一應辦公器物留下交付我們使用。這樣，十四樓租戶可提前搬出又可取回按金，且不受租約期限制約。

　　十四樓的地方比我們現用的地方大約多三分一，很適合我們目前的需要。江律師約我下午一起到現場看看。初步察看，間隔基本令我們滿意，只是空間雖然多了，但房間不夠。

　　江律師拿出尺來，正準備量度怎去間隔之際，珍妮小姐帶了一位裝修師傅進來，見我們在，便解釋道，請裝修師傅來是作搬遷打價，若然我們不承接，或有我們不要的

東西就讓裝修師傅拆除運走。

　　我們還未有決定，不便提出反對。於是，裝修師傅進入各個房間估量，當進入該公司合夥人彭生的房間時，只一瞬間，便出來問珍妮小姐：「牆上那幅畫是否不要，可否隨垃圾一併清走？」珍妮小姐覆：「要！不過，二千元可出售。」

　　我好奇，走進去看，見到牆上掛了一幅朱漆木架鑲着的橫披，畫心高約兩尺，長過五尺，是大名家徐悲鴻的奔馬圖。

　　畫，很大器壯觀，群馬奔騰氣勢磅礴，遠看已經知道是徐悲鴻作品，只是未知是印刷品還是原作。於是我出聲叫：「等等，讓我先看看。」

　　我這一出聲，裝修師傅發毛了，忙把二千元塞進珍妮小姐手內，轉身搶先衝在我前邊，動手將畫從牆上拆下，也不說話，快步便往門外走。

　　匆忙間，連攜來的工具袋也忘了帶上，珍妮小姐從後高聲問他：「你還未估價便走？」裝修師傅答非所問，說是因趕時間要先走。

　　珍妮小姐唯有拿起他遺下的工具袋從後追出。

　　江律師和我相望，不禁失笑，我說我遠看不知是原作還是印刷品，所以想趨前看個究竟，估不到他如此緊張。江律師說：「可能他認為有可能是真，用二千元博一博。」

　　剛回轉來的珍妮小姐聽到江律師這樣說，便笑着回應：

「彭生話這畫是印刷品！」物主説是印刷品，他自然最清楚。

　　説實話，徐悲鴻的畫有價有市，長期在拍賣場上高流轉，若以二千元去博過千萬的價值，俗稱刀仔鋸大樹，不少人願意嘗試。

　　況且這幅畫尺寸超大，群馬以宏大氣勢奔騰，盡展生機和力量，通過準確的素描融會水墨的線條表現力，充份展現了中西結合的繪藝技巧，不愧被世界繪畫界稱為現代中國畫的象徵和標誌。

　　這幅畫就算是印刷品，以二千元算也是超值。此種印刷術非一般印刷，所用的墨彩不是常用的油墨，而是國畫顏料，紙也是用作寫國畫的宣紙，宣紙帶重纖維易渾化，可見印刷技術難度高。

　　徐悲鴻寫馬，大膽創新，將西方的立體素描融入中國水墨，營造透視質感，造型精煉傳神，風格創新，以前無古人的大寫意畫馬，在中國現代繪畫史上獨樹一幟。

　　畫壇將齊白石的蝦、徐悲鴻的馬、黃冑的驢，稱為三絕。皆因繪法獨創，自我風格鮮明，至今無人能超越。

　　去年十二月十八日，保利北京秋拍，高價拍出編號序列第二十的徐悲鴻奔馬圖，拍出人民幣二千八百七十五萬元。而這張橫披較這拍品大得多，難怪裝修師傅如此緊張。

　　我也喜歡徐悲鴻畫的馬，能動能靜，體態剛柔兼備，

佇立時，閒情優雅；奔跑時，矯捷力健，馬的任何動態都合乎視覺觀察，體現出作者深厚的筆下功力。徐悲鴻曾說：「我愛畫動物，皆對實物下過極長時間的功夫，即以馬論，速寫稿不下千幅，並學過馬的解剖，熟悉馬之骨架肌肉組織，然後詳審其動態和神情，方能有得。」由於徐悲鴻熟能生巧，可以瞬間捕捉馬的神情動態，得心應手寫出讓人心馳神往富立體寫意的神駒。

有幸，我亦藏有一張徐悲鴻的馬，且很欣賞畫中馬的神韻，這馬是丙子（一九三二年）畫成，是徐悲鴻繪馬造型的完美典範，是中西繪藝高度融和的寫照。馬昂首而立，悠然自得，項順頭轉在回首顧望，鬃毛隨風輕飄，襯托着馬的英姿，軀體似在微動、搖晃尾毛以玩趣，後蹄輕扣、自娛節拍音符，且配合地面被風吹動的小草，光線和色彩的美感形成高度和諧的構圖，使這如詩意般的畫境令人陶醉，百看不厭。

徐悲鴻在一九三二年著《畫範·序》內，提出新七法：一、位置得宜；二、比例準確；三、黑白分明；四、動作或姿態天然；五、輕重和諧；六、性格畢現；七、傳神阿堵。

徐悲鴻丙子年畫的馬

224

對照這畫，與新七法完美匹配，徐悲鴻按照自己的理論付諸實踐，身體力行且努力不懈，其言其行與其技藝同是世人學習的楷模。

兩個月前，一位收藏青銅器的朋友告知：美國羅省俗稱「星期四拍賣」的拍賣行，有一幅徐悲鴻寫得非

徐悲鴻畫作《雙飛神駿》

常好的奔馬圖將要拍賣，因無鑒真假功力，亦無興趣越洋湊熱鬧，叫我若有意購買，可自行查閱。

於是，我找到該圖片：雙馬騰躍奔馳，蹄奮步速力壯，體態雄威硬朗。行筆用彩都凸顯出經過中西技法融合的立體質感，個人風格鮮明，一看便知是徐悲鴻作品。

這不是模仿或偽造品，仿偽是達不到這種質的力量的。

撇開仿製偽冒，是否印刷品就不是電腦上看圖片能分得清楚。況且，現代印刷術先進，要分清也不易。

於是，我聯絡居在羅省的梁子彬，請他走一轉，幫忙鑒定是不是印刷品。梁兄收到我通知後，當天去現場看究

竟，分別將原畫尺寸及一些局部細節放大拍照傳送給我。

　　畫的高度有一百厘米，寬度有七十八厘米，畫有題識兩款，一寫：一九五〇年三月；另一寫：壽增先生以伊書八幅捐美術學院，人間巨跡也，悲鴻特誌於此。共有四個鈐印，分別是：悲鴻之畫、徐、永以為好、中心藏之。

　　到了晚上，梁兄打電話來與我詳細討論該畫的狀況，可謂開門見山，開口便說是真品，以肯定的態度先講出結論，然後再逐點敍述他的分析。他是以三個不同的層面表達了他的看法；一、色彩中所用的花青、藤黃是混了墨調校好後才下筆的，色階出現了有層次的渾化深淺，這是第一個印刷不可能；二、用生熟宣（廣東及港澳地區俗稱豆腐宣，即在生宣紙面上塗一層礬水）繪寫，該畫完成了幾十年，經已產生自然風化，宣紙上的風化不能印成，這是第二個印刷不可能；三、徐悲鴻當時寫該畫很匆忙，紙上有多條長短不一的摺痕，在未掃平下趕寫，畫成後經多重摺疊存放，又因保存不完善，形成有些疊痕有斷裂，雖然後來得到裝裱，摺紋算是撫平了，斷裂接拼了，但這些摺紋及斷裂能印嗎？這是第三個印刷不可能。

　　聽完梁兄三個不可能的分析，我再無疑慮，請梁兄代為前往競投，梁兄也不推搪，當下答應幫忙。

　　翌日，梁兄來電告知：雖是經過很多口價競爭，但終能投得，且未超出我訂下的底價。我很高興，稱謝不斷。

　　待到週末，有閒在家，想起如此精彩的奔馬圖不覺間

有點得意，付費不算高，距離實際的市場價值還有一大截，撿漏了！不過，拍賣行並無交代該畫來歷出處，有點美中不足。想想，覺得互聯網上或能查到。

一查之下，嚇了一跳，該畫經歷不簡單，被藏者命名為《雙飛神駿》，內有動人故事。內容推前至一九三七年春：徐悲鴻在長沙開畫展，曾去李四怡堂藥舖，見到清代早期大書法家伊秉綬的八幅書法，甚為喜愛。到了一九四九年長沙和平解放後，在北京的徐悲鴻為免八幅伊秉綬書法受到損毀，致函交情頗深的湖南篆刻家謝梅奴，託代查詢伊秉綬八幅書法信息。當知道還在李四怡堂時，便託謝梅奴遊說李家轉讓。謝到李家誠意與李壽增洽商，李同意出讓，但要價頗高。徐悲鴻得知後，請謝轉告不是他私人購藏，而是為中央美術學院作書畫資料收藏，是為國家保護文物。李壽增是長沙市工商界一名開明紳士，深受徐悲鴻愛護文物之心所感動，願將八幅書法相贈中央美術學院。徐悲鴻有感李壽增慷慨，繪寫了該幅《雙飛神駿》圖回謝，又將一幅與嶺南畫家趙少昂合作的《白梅圖》送予謝梅奴，報以奔走之勞。

《雙飛神駿》記錄了一段十分珍貴的近代歷史，其中有徐悲鴻勞心勞力為保衛國家文物的無私付出，有謝梅奴為友情力盡其事最終不負所託，有李壽增這位名流紳士的高尚義舉。情節動人心弦，富感染力，如畫中雙馬奔騰，地震風鳴！

看到網上的資料，知悉了來處，但如此經典的畫，為何會流落在美國？又為何會出現在羅省一個小型拍賣會內呢？這真是一個謎，若要揭開謎底，我想我需要回美國探求，順道好好欣賞《雙飛神駿》的精彩。還好，我沒有裝修師傅博一博的心態。

第二十六章
花王

　　詩人古松先生設宴招待回港探親的旅美畫家梁子彬先生。當日請來一眾老友，合共十八人之多，均為社會骨幹、才俊精英，可謂高朋滿座。

　　是夜氣氛熱烈，文化與藝術在談笑中互相交流，不同的志趣在酒中融和。

　　梁子彬本想即席揮毫，不料或因時差引致，偏頭痛忽來，一時難當，至散席仍未消去，原意就此暫擱。

　　過了兩天，梁兄來電，執言回請，盼通知原班人士出席。他翌日便要回美，無期另擇，而受邀各人當晚亦多事先有約，不能到齊。即便如此，能到的都盡量趕來，算是一個小聚會，計有古松、單周堯、梅子、唐至量、許昭華、徐華亮及我，加上梁子彬夫婦共九人。

我提前半小時赴約，已見梁兄把宣紙鋪開，正在試墨調色。我將自備的潮州單叢茶葉交給酒家侍應沖泡。茶味香濃，正品嚐之際，古松也提早來了。

　　梁子彬一邊度紙一邊與我商議，詢問寫花卉還是山水方為合適，我提議寫山水較好，而且要用大寫意繪山水，可以速成，以免畫未寫完便要開席，較為緊迫。未等我說畢，古松即大聲反對：「梁兄尚欠我一幅富貴牡丹……。」我暗自稱奇，不知梁子彬何時欠古松一幅牡丹。梁子彬卻應聲回答：馬上還你！當即手隨心轉揮筆落彩，意之所到富貴花開，一朵嬌艷的牡丹花瞬間在宣紙上綻放，燦似朝霞。

　　梁子彬非常尊敬古松，視為莫逆，莫非此是順其意，不作山水而寫花卉？但轉念一想，便明白古松之意：既是小雅集，朋友互相交流，即席而寫的畫盡可能簡單，能寫多少便送出多少，盛情盡歡以誌。

　　好一個古松，果然豁達，不愧朋友滿天下！

　　古松退休前在律政署任職，是香港首任總刑事檢控官，喜愛以詩詠事，已出版十多本詩集；近年以書評經營「法律與文學」專題，為香港文壇創先河。因此，文化界不少朋友稱古松為「律政詩人」。

　　此時，單周堯各人也陸續到來，梁子彬一邊招呼朋友一邊為花朵添枝加葉，談笑間，一幅折技花卉躍然紙上。正當眾人讚不絕口，梁笑問：「上款該寫誰人。」說實

話，眼前這張高二十八寸、寬十四寸的宣紙，在短時間內變成珍貴藝術品，確實人見人愛。但畫只得一張，各人互相推讓，很自然就推給古松，古松想再推，梁子彬已然落筆：古松老友屬正，丁酉秋香江即席，梁子彬。

梁子彬寫給古松的牡丹

落款後，由於沒有攜帶印章，畫家唯有用紅彩寫朱文白文各一章。這看似不經意之事，卻大有考究，寫印如同繪畫，若無深厚書法及篆刻功底，難以完成。

各人對此畫欣賞有加，與畫拍照留念之際，梁子彬又提筆繪寫第二幅，紙度尺寸大小同樣，構圖另出心裁，紅花從正中怒放，墨葉色分五彩，層次分明，折枝單幹，只以一個小紅花苞作點綴。

完成這一畫作後，梁子彬按畫意寫題：一枝挺艷。簡單而清雅，明麗且不俗。單周堯讚這畫很耐看，越看越覺韻味濃。梁子彬聽到，便提筆寫上：文農社盟屬寫 希正

於香江雅集丁酉秋月 南海梁子彬畫。然後，亦寫一朱文一白文印章。

題款上的社盟二字，意即單周堯與梁子彬都是兩岸三地作家協會會員。

單周堯是香港大學前中文系主任，明德教授，現為能仁書院副院長。

估不到梁子彬有此一着，雖是臨時寫就，卻是藝術結晶，單周堯

梁子彬寫給單周堯教授的牡丹

忙即致謝。在場各人亦為單周堯致賀，能得到牡丹王親手繪贈的牡丹，可謂人生美談。

梁子彬在香港土生土長，八九年民運後，隨移民潮旅居美國，有時一年回港一兩次探親，有時兩三年才回一次，且每次來去匆匆，老友相聚確屬不易。這次睽違兩年多，好友們出席雅集，自是興奮。

看看離開席還有點時間，梁子彬裁紙再寫第三張，要趕在入席前完成。其實梁子彬畫藝熟透，快寫慢寫皆可管控，只是不想向好友們交行貨。三幅畫構圖各異，共用了

梁子彬即席揮毫

約五十分鐘，連題款平均不足二十分鐘一幅。

徐華亮在別人不為意時，拉我到一角，問我：「我不懂畫，但我覺得很美，這種美艷雅而自然，使人看得舒服，是否因為這樣，所以被稱為牡丹王。」

亮哥是我老朋友，經營珠寶生意。雖然不懂繪畫，但對美甚有識見，所設計的手飾美輪美奐，吸引很多女性，產品行銷國際。

聽到亮哥所問，我略為想了想，便用較簡單易解的言辭告之：「畫花卉不離工筆或寫意，工筆重在線條勾勒，而梁子彬此刻所作是沒骨寫意，即不用線條勾花、不用線條勾葉、不用線條勾枝幹，只以墨色和紅彩去渲染繪寫。」我怕影響眾人觀畫，把聲音降低：自北宋初年徐熙創寫了沒骨花卉，代代名家輩出。到明代，徐渭以大寫意將水墨牡丹發揮得淋漓盡致；清初，惲壽平是沒骨工寫牡丹第一人，以白粉撞色將牡丹深淺逼出立體感；近代，梁伯譽棄白粉用水彩寫出層次分明的沒骨花朵。各名家有自我風格，寫牡丹俱無出其右。梁子彬吸收眾家之長，以沒骨技法將寫意寫實相結合，筆下紅花綻放鮮艷。於今時今日，若論牡丹，未見有人在傳統筆法上比他畫得更好，因此，堪稱牡丹王。

亮哥點頭示意明白，隨我趨前繼續觀賞梁子彬繪畫。

從第三幅畫開始，唐至量就坐在畫枱對面，目不轉睛盯着梁子彬行筆，認為現代畫者鮮有不預先構圖，不打稿

梁了彬送唐至量逆筆牡丹

的，這樣隨手而就，可謂平生少見。

梁子彬邊寫邊談，笑說自己畫牡丹無數，從不打稿，而且構圖多變化不重複，寫大山水掛幅也如是。

古松從旁接口，講述數年前一次雅集，梁子彬在多人面前，不打稿，即席揮毫，畫了一幅四尺整紙的大山水。畫中遠山峰巒翠疊，林海雲煙繚繞；中景飛瀑懸流，巨石陡壁中雜樹叢生，層次遞邐分明；近處灘頭水樹有簑翁垂釣，漁舟唱晚；全景以宋元名家筆法互融，構出清幽怡然美景。並說該畫至今仍存放在兩岸三地作家協會內。

由於古松口才好，講得活靈活現，聽者感受當日現場，與今日互動交錯，既有心靈感應又得視覺享受，滿堂氣氛悠然生趣，歡樂融融。

梁子彬問唐至量，是題名還是題號；唐至量請梁子彬寫本名。梁子彬知唐至量是書法家，所寫書法在市場上正走俏，有價有市。出於好勝，於是將畫紙倒轉，提筆逆書：江南百舟無雙艷 洛下千叢第一香 丁酉秋日 至量方家雅正 梁子彬逆筆。

逆筆就是將字體倒向外寫。原本是梁子彬對着面前紙張由上而下書寫，現在是反過來由下而上書寫，就好像坐在唐至量的位置上書寫一樣。

字當然寫得靚，眾人拍手讚好。

此時梅子趕到，酒樓侍應見人齊便馬上張羅上菜，眾人離開小畫枱入席。梁子彬對我講：「可惜時間之限，未

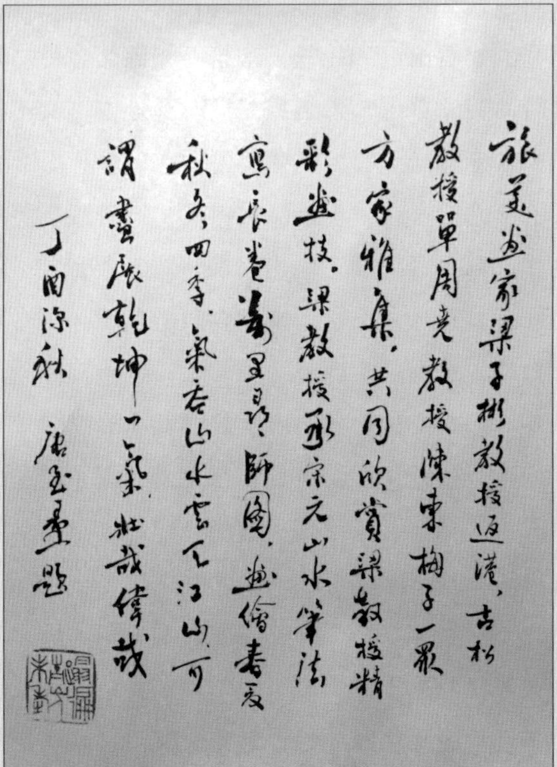

旅美畫家梁子彬教授返港，古松
教授單周意教授陳東梅子一聚
方家雅集，共同欣賞梁教授精
彩遊技。課教授那宗元山水筆法
寫長卷萬里景，師圖，巡繪春夏
秋冬四季，氣吞山水雲天江山可
謂書盡乾坤一氣壯哉偉哉
丁酉涼秋 唐至量題

唐至量為梁子彬手卷題跋

能多寫一張送給許昭華，下次有機會再補上。」

許昭華是詩人，專程從深圳過來雅聚，飯後還需趕回深圳。

席間各人互相交流心得，將社會現狀、民生近況、八卦新聞和文學藝術混和雜談，古松言語詼諧有趣，時而斯文有禮時而笑謔眾人，帶得歡聲滿堂。連本來文質彬彬的梁子彬夫人也忍俊不禁，笑意連連。

梁子彬見眾人高興，自己也興奮，乘着酒意將畢生最滿意之作《萬里尋師圖》拿出來展給眾人觀賞。手卷一打開，便知不是凡品。山水連綿蘊含氣勢萬千，雄奇秀麗暗合古樸自然。畫長三丈過外，高一尺二寸。寫四季山水，從春到冬，四季交接自然：春天綠蔭芽萌春暉寸草、溪流水暖枯木再發；夏天萬植茂盛百花璀璨、瀑布江流生機勃勃；秋天雲淡長空大雁南飛、梧桐色變紅葉飄零；冬天霜壓松梅風寒日暗、冰雪銀裝千里皆白。

如此大製作，非一「好」字能概括，眾人屏息不語，凝望良久。我忽然靈機一觸，眼前兩個書法家在，何不請他們在手卷上題跋？既能錦上添花，又可為雅集留佳話。我把想法說出，眾人拍掌叫好。

唐至量二話不說，提筆蘸墨，略為凝神聚氣，即揮毫速寫。我看得出有點兒較勁味，必會寫出超好書法，不禁心內暗叫聲：好！

果然好字！如筆走龍蛇般一氣呵成，功力精深。唐至

欣賞梁子彬繪《萬里尋師圖》

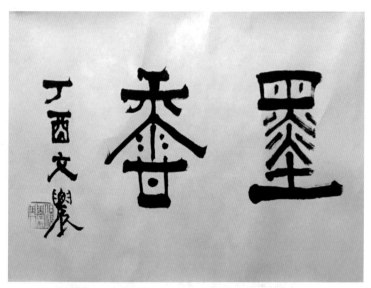

單周堯為手卷書「墨香」二字

量擲下筆，拍拍手請大家欣賞。跋文：旅美畫家梁子彬教授返港，古松教授單周堯教授陳東梅子一眾方家雅集，共同欣賞梁教授精彩畫技，梁教授承宋元山水筆法寫長卷萬里尋師圖，畫繪春夏秋冬四季，氣吞山水雲天江河，可謂盡展乾坤一氣，壯哉偉哉丁酉深秋 唐至量題。

單周堯也不落後，以隸書寫大字「墨香」。把這晚雅集推向高潮……

散席後，梅子囑我，記述這次雅集，遂成此文。

第二十七章
寫意蝦

　　乘坐纜車上巴拿山觀光，遊覽有「天空之城」美譽的法式風情空中小鎮。這個越南著名避暑勝地寧靜而神秘，從山腳上望，雲霧繚繞，纜車到半山已是若隱若現，如入仙境之中。

　　巴拿山海拔一千四百八十二米，纜車全長五千多米，而落差更有一千三百米。沿途的熱帶雨林連綿茂密，溪流瀑布在陽光中綻放出彩虹；四周環境充滿了詩意，高低起伏的群山如畫，輕風徐來拂體，心靈倍感清爽，置身如斯美景之中，份外陶醉。

　　百多年前法國開發這地方，在山上建了不少度假別墅，使之成為貴族避暑天堂。近年越南當地政府擴張旅遊事業，增加娛樂設施，招攬遊客吸收外匯，把巴拿山建成

一個浪漫詩意的雲上山中城堡。

這日天氣很奇妙，陰晴在一個時辰內轉迴。剛到達山頂，見陽光被煙雲迷霧漸漸掩蓋，阻擋了視野，能見度只有二、三十米；但很快，山中有風吹來，直把雲霧吹散，又露出藍色的晴天；當我們一邊遊玩一邊拍照留念時，天空下起了小雨，雨水由疏至密至大，不得不找地方暫避；然而天公好像在開玩笑，不到半小時，雨過天青，陽光明媚，又浮現出清新亮麗的彩虹。

果然，天空之城並沒有令我們失望，處處觀景美不勝收，四周的原始森林鬱鬱蔥蔥，空氣中洋溢綠野的芬芳；人工藝術建築物與自然山境風光交錯，織出浪漫如畫的空間，似置身一個夢幻中的童話世界。

在四、五個小時內，我們先後參觀了空中花園、法國小鎮、靈應寺、夢想遊樂園、天泰花園、小火車終點站、法國酒窖、噴泉、心靈區、教堂等地方和多處景點，直至下午兩點後，才下山午膳。

這次應張明邀請，我和黎重樑到峴港遊玩，同行還有蓉姐和超哥。超哥曾在峴港工作了幾年，對當地環境頗熟，也可算是半個導遊了。

當地導遊按張明之意，在靠近大海邊上，找到一家較為寬敞的餐廳。餐廳內外裝飾優雅，陳設也講究，中式法式兼融，連餐牌上的菜式也中法並列，當然不缺越南美食。

　　張明是食家，點菜之事由他辦理，我們每人先捧個椰青解渴。就着還未上菜的空檔，我去趟洗手間。當我穿過廳堂，轉入邊上的長廊時，見廊壁掛了不少畫，西洋畫居多，也有中國畫，一老者站在一幅國畫前專心觀看。我見是斗方尺寸的水墨畫，繪寫兩隻蝦，無水而似在水中游，靈動生趣，款題：白石老人。還有一個朱砂小方印，刻陽文：齊大。

　　老者見我停步欣賞，對我講這是名畫、精品，是齊白石頂峰之作。我笑着對這位老者點點頭，然後靠前細看。老者似乎找到了同好，話匣子打開了，繼續在旁評説，像是導解員一樣。他的説話不惹人討厭，言辭中含有修養，特有的音粗字雅顯出他是廣州地區的人。

　　出於好奇，我問老者可是從廣州來此旅遊。老者回道不是，説是在廣州西關出生，十來歲時，隨叔父到越南跑生意，二戰後移居法國，經營香料，如今兒孫分居越南法國兩地，因而也常回越南，只是鄉音無改。

　　我看老者身板硬朗，精神抖擻，外看只有七十，若説戰前到越南，時間上有點不對了。老者望着我的疑惑眼光，笑説不少人初相識時，都有相同疑問，是否年齡説錯了，其實不是！今年九十三了，姓馮。

　　馮老説齊白石畫蝦造詣已是登峰造極，到了前無古人後無來者的境界。並説自己少年時曾習畫，雖因工作而放下，但對中國水墨仍知一二。

後無來者不好説，但前無古人我不肯認同，有此造詣者，齊白石不是第一人。當我正想講出我的看法時，馮老續説這裏算是公眾地方，人來人往，如此真跡神品若然有所損壞或是被盜，畫的主人會悔之莫及。

　　我一聽，嚇了一跳，話到嘴邊也縮回，印刷品視作真跡，沒必要討論下去，要是能懂畫，細心之下可分別。

　　稍作沉默之後，我直告知這畫是高像真度的「木版水印」，並將如何分辨詳細解説。馮老聽説馬上俯前細察，神情漸趨茫然。

　　回到餐桌旁，菜餚已陸續上來，咖喱大蟹、法式羊架、香草薰魚⋯⋯連扎肉河粉在內共十樣，都是大盤大碟，張明説是取個兆頭叫做十全十美。

　　一盤大海蝦剛好擺在我面前，蝦身金紅色，肉體粗壯，六節殼甲光亮半透明，尺寸大小不一，大的足一尺，小的也有八、九寸，我估計三、四隻已足一斤了。店家向張明保證不是養蝦，是漁民即日海中捕獲。

　　蝦肉剛入口便覺味美香濃，咬落口感質強，嘴嚼出爽脆嫩滑，肉汁更是鮮甜潤厚，入肚後滿腔回甘。我吃過很多不同產地的蝦，但從沒這樣好吃過，可稱得上見了蝦中極品。我一口氣吃了五隻，淋漓暢快，爽！

　　這盤蝦我吃了近半，還是不願停手，真是越吃越寫意。此時，遠處的馮老與家人飯罷離席，向我揮手並抱拳示意再見，我知道這手勢微帶了些許的佩服和謝意，我連

忙舉起持蝦的手搖動，以作回應。

其實像真度高的印刷畫，一般人真的難以分辨，就算是兩岸的故宮博物院也曾將柯羅式印刷品作真畫展出。因此，鑒定還是挺不易的。我有一位任職大學教授的朋友，對古玩文物興趣甚深，八十年代就開始收藏字畫瓷器了，只是眼力不足，家裏藏有不少贗品而不自知，還以此為教材常教學生如何鑒別。幾年前，他在一間小型拍賣行，以近乎四萬美元的高價，競投了一幅只有尺餘的徐悲鴻繪水墨奔馬圖，畫中獨馬奔馳，氣勢橫逸，很好看，可惜是印刷而非原作。

齊白石以水墨寫蝦，在近現代確是無人能及，藝術成就登峰，與另一國畫大宗師張大千，並稱北齊南張，傳世作品很多，為後學者提供了大量教材。他有不少學生在他的藝術基礎上創新，加入屬於自己的元素，另闢蹊徑，成為畫壇名家，如李苦禪、李可染、婁師白等人。

齊白石的畫藝創作受徐渭、八大山人、吳昌碩等人影響至深，但能「師古而不泥於古」，更受陳師曾啟發，「要自出新意，變通畫法，獨創風格，不求媚世俗」，因而能自拓氣勢雄偉的大寫意筆法，以紅花墨葉寫花卉，自成一派，繪生活小品形神俱妙，寫意蝦更是一絕。

雖然大多數人認為寫意蝦由齊白石所創，冠絕古今，但我不認同。齊白石畫蝦，初年取法於八大山人，在他的《芙蓉小蝦圖》曾題道：「余嘗客海上，搜羅石印古跡，

獨八大山人畫無多，見有小畫冊，今經四年，尚未忘也，似否，未自敢稱然，芙蓉神色，即今朱雪個背臨之，未必伊取自誇耳，世有之者，當不竊笑，白石山人畫記。」

八大山人原名朱耷，稱號雪個，明末清初畫壇四僧之一，繪畫風格對齊白石的藝術觀念變遷有着很大的影響。齊白石把八大山人的「不似之似，天趣自成」奉為座右銘，稱八大山人畫作為神品。

齊白石《九蝦圖》

我有幸得到一幅齊白石巔峰期間所寫的蝦，畫中九隻蝦，隻隻姿勢不同，深淺遠近層次分明，如在水中游嬉，熱鬧趣致，筆法墨色靈巧，線條柔韌更見功力深厚，可謂人見人愛。

傳說八大山人畫蝦，既寫意又生動，能流傳至今的真跡相信已是極為稀少，習畫藏畫之人也難以見到。若說齊白石畫蝦前無古人，那八大山人在世卻早二百多年，而齊白石都自說背臨八大山人的蝦，這使「前無古人」的説法

不完善。

　　剛巧，我也見過一幀八大山人所畫的蝦，尺寸雖小，只稍大於斗方，畫中有蝦四隻，矯捷寫意，筆法墨色有如神來之筆，栩栩如生。

　　兩張畫都叫絕，都可稱為神品，都將蝦身簡化為四節，都以大寫意筆法構寫，都生動逼真。然而，卻有各自對蝦身不同的簡意表達，有各自對水墨運用不同的創意，有各自不同的風格。

　　只有將兩畫併在一起對照，才能看得出細微之異，看得出齊白石畫的蝦有着八大山人的影子，也看得出八大山人用墨層次過渡更柔和、線條更為圓潤明快。這就能表明

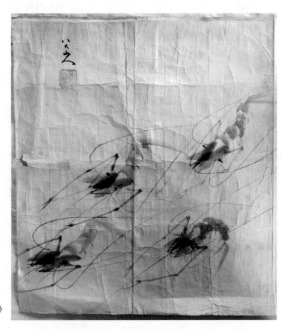

八大山人
《四蝦圖》

八大山人才是前人古法。

蓉姐見我別的不吃，只是一隻接一隻的吃蝦，問我是否很好吃。我答好極了。蓉姐也拿一隻，剛入口，便大讚肉質鮮甜脆嫩，各人聽說，都伸手來拿，也巧，每人得一隻，把盤子清了。

飯後，店家奉上一壺香濃紅茶，我們品着茶，看着大海的輕濤洗刷着海沙，悠閒享受微風沐浴。蓉姐站在遠處傾電話，細聲講大聲笑，神情格外興奮，超哥笑說蓉姐有如十月芥菜——起心，在和小鮮肉聊心。張明話應是在和身處澳洲的女兒講電話，並說她母女情深，每天都會聯絡多次。

當蓉姐傾完電話回到座上時，黎重樑逗她說：妳找小鮮肉不如找我。蓉姐舉起手上的電話作狀要打黎公子，兩人的動作和表情都很搞笑，大家笑到肚痛。

原來蓉姐女兒在澳洲學業有成，新當律師，今天第一天打官司，旗開得勝，為事業開了一個好彩頭，興奮之餘，不忘向母親報喜。

休息過後，超哥提議去洲際酒店飲咖啡，因為洲際酒店靠着大海，建築在山的懸崖邊上，無限風光惹人迷戀，坐在那半伸出懸崖的餐座上，手持咖啡聽鳥聲觀日落，人會感到怡情無慮、身心舒暢，來峴港應該到此一遊。

聽超哥說有如此寫意的好去處，眾人趕忙登車，催促司機開車前往……